VAMPIROS Y ALIENÍGENAS

ALPHA DECAY
163

Javier Tomeo

Vampiros y alienígenas

ALPHA DECAY

NOTA DEL EDITOR

La publicación de estos cuentos inéditos coincide con el décimo aniversario de la muerte de Javier Tomeo (1932-2013), autor de culto que forma parte del catálogo de Alpha Decay desde el año 2004. Fueron concebidos y escritos hacia el final de su vida en el balneario de Panticosa de su Huesca natal, «entre montañas mágicas donde algunos todavía pueden escuchar voces y melodías que para otros se extinguieron hace siglos», como reza el epígrafe.

Sus voluminosos *Cuentos completos*, publicados por Páginas de Espuma un año antes de su fallecimiento, atestiguan la predilección del autor por este género, que cultivó como pocos en la narrativa castellana reciente. La presente edición, compuesta en su mayor parte por narraciones que habían quedado inéditas, incluye dos relatos, «Gregorio, el insecto» y «Cuore ingrato», ya presentes en los *Cuentos completos*, aunque en el caso del segundo, la versión que aquí se presenta es más larga y aparece muy cambiada. Agradecemos a Páginas de Espuma que nos haya dejado incorporar estas dos piezas en nuestro libro. Por otro lado, el primer relato, «La conjura de los marcianos», remite a «Conspiración galáctica», que aparece en la antología de cuentos *Los nuevos inquisidores* publicada por Alpha Decay en 2004. También aquí publicamos, el mismo año de su muerte, la novela *Constructores de monstruos*, pieza canónica del imaginario de Tomeo. Otras obras publicadas póstumamente son *El hombre bicolor*, en Anagrama, y *El fin de los dinosaurios* en Páginas de Espuma, ambas en 2014.

A título personal, mi gran amigo Javier Tomeo siempre me enviaba múltiples versiones de sus obras, incluso mucho antes de que me convirtiera en su editor. Era un escritor muy perfeccionista, que reescribía sin cesar, y le gustaba decir que era como un alquimista que en sucesivos intentos buscaba llegar a la «piedra filosofal» de la escritura. Esto se ve reflejado en la edición de los *Cuentos completos*, en la que se agrupan en una sección las denominadas «reescrituras». Otra práctica de Tomeo era transformar cuentos en novelas breves y viceversa.

En cuanto a *Vampiros y alienígenas*, encontré muchas versiones del conjunto en mi ordenador, y aunque el nombre de los archivos iba variando, el título se mantenía en todas las versiones, así como el orden de los relatos. Tras cotejarlas, con la ayuda de su agente y amiga Maru de Montserrat, se llegó a la versión más pulida que ve por fin la luz. A pesar de que no pudimos hablarlo con él antes de que enfermara, el manuscrito estaba prácticamente listo para su publicación –ha necesitado poco más que la obligatoria corrección ortográfica, de la que se ha ocupado Javier Guerrero– y quedaba claro que tal era la voluntad del autor. Además de a los mencionados, quiero dar las gracias a Ismael Grasa y Daniel Gascón por haber leído el manuscrito y por sus comentarios.

Tomeo solía decir que la cultura es como la proa de un barco a la que se van adhiriendo líquenes, moluscos, algas... A medida que el barco avanza en el tiempo, se desprende lo superfluo. Tomeo, a pesar de su condición de escritor «raro», o precisamente por ello, resulta esencial.

ENRIC CUCURELLA,
Mayo de 2023

Relatos escritos en el balneario de Panticosa (Huesca) entre montañas mágicas donde algunos todavía pueden escuchar voces y melodías que para otros se extinguieron hace siglos.

LA CONJURA DE LOS MARCIANOS

Tres de la tarde. Hace dos horas que he llegado a este pueblo en el autobús que salió de la ciudad a primera hora de la mañana. Ha pinchado una rueda y el viaje se ha demorado más de lo previsto. Me pasa lo mismo siempre que viajo en un autobús pintado de amarillo. No puedo decir, pues, que mis vacaciones hayan empezado con buen pie, pero tengo quince días por delante y puede que a partir de hoy las cosas vayan mejor.

Me hospedo en la misma pensión e incluso en la misma habitación donde estuve el año pasado. No es que sea gran cosa, pero para quien es don Juan, con doña María basta. Eso es lo que decía muchas veces mi madre cuando me compraba una camisa o un pantalón.

No hace buen tiempo. Me asomo a la ventana, levanto la mirada al cielo y me paso un buen rato viendo el ir y venir de las nubes. Vienen del mar, que tengo a mi derecha, y se van en dirección a las montañas, que están a mi izquierda.

Creo que no tardará en empezar a llover. De todas formas, llueva o no llueva, esta misma tarde me propongo empezar a leer la *Historia secreta de la Inquisición*, que es el único libro que esta mañana he puesto en la maleta. Tengo la teoría de que los inquisidores no eran gente de este mundo. Seguramente llegaron de otros planetas. Cuando me canse de leer, bajaré al salón y veré un rato la televisión. La dueña de la pensión puso el televisor en una especie de hornacina, rodeado de flores de plástico. En la pequeña pantalla encontraré los monstruos de siempre. Aunque esté de vacaciones, no quiero perderlos de vista. Conviene tener siempre presente quiénes son nuestros enemigos.

Estalla un trueno y caen por fin las primeras gotas. No sé si lo dije antes, pero si no lo hice, lo hago ahora: me gusta la lluvia cuando tengo un techo encima de la cabeza. Otra cosa sería si viviese a la intemperie. Esta noche, de todas formas, pienso escribir una carta al director de la televisión para decirle que su hombre del tiempo nos dijo mil veces que esta semana iba a hacer sol todos los días.

—¿Pueden permitirse esos errores en estos tiempos, con el cielo lleno de satélites artificiales que no paran de dar vueltas y lo espían todo? —le preguntaré—. ¿Puede engañarse de ese modo a los ciudadanos que pagan religiosamente todos sus impuestos?

Cuando llega el momento, no me apetece bajar al salón. Abro el tratado sobre la Inquisición por el capítulo que se refiere concretamente a la Inquisición episcopal, pero me canso pronto de leer, sobre todo porque me aburren los nombres de tantos obispos. Vuelvo a cerrar el libro y me quedo sentado en el borde de la cama pensando en las avutardas. Luego me tumbo encima del edredón y me quedo dormido.

Me despierto a las seis de la tarde, saco otra vez la cabeza por la ventana y estoy un rato viendo cómo llueve. No es normal que durante el mes de agosto llueva de este modo. Algo tiene que pasar allá arriba. Puede que tengan razón los que dicen que el tiempo también se ha vuelto loco. Vuelvo a la cama, y duermo de un tirón toda la noche, y a las nueve de la mañana Demetria, la sirvienta de la pensión (que hace también de cocinera y de camarera), llama con los nudillos en la puerta. Dice que me trae el desayuno, pero no la dejo entrar. No quiero que haga excepciones conmigo. Tampoco quiero darle la oportunidad de que se meta en la cama conmigo. No quiero que se haga ilusiones. Además, está demasiado gorda. Me quedo, pues, sin moverme, con la mirada puesta en el techo. Ahí siguen las manchas de siempre. Son las mismas del año pasado y continúan en el mismo sitio.

Empiezo a vestirme con toda la parsimonia del mundo. Me pongo la misma camisa que ayer y los mismos pantalones, pero me cambio de ropa interior, que es lo más importante. Prefiero no ducharme, lo hice hace cuatro días. Ducharse demasiado es malo para la piel. Bajo por la escalera de puntillas y salgo a la calle sin que me vea Demetria. En el estanco compro un par de docenas de sobres y sellos para quince cartas. Me gusta escribir cartas, incluso a la gente que no conozco. La estanquera se ha teñido el pelo de rojo. El año pasado era rubia, pero este año parece que se le ha incendiado la cabeza.

A la salida del estanco me doy de bruces con el barbero del pueblo. Se llama Leopoldo, tiene los ojos saltones, sin pestañas, y una mirada que siempre está buscando la yugular de la gente. Por lo menos, eso es lo que parece. Puede que algún día, con la excusa de que es barbero, consiga degollar a algún cliente.

Le prometo que dentro de un par de días iré a verlo para que me recorte las patillas y responde que ya sé dónde puedo encontrarlo. Sus palabras suenan casi como una amenaza, y mientras las pronuncia no me quita la mirada de la garganta. A las once voy al bar de Rafael y me siento en el centro de la terraza. Eso significa que tengo tantas mesas a mi derecha como a mi izquierda. A las doce tengo cita con Pedro, que también veranea en este pueblo. Su mujer se escapó con otro y pasa las vacaciones con su hijo. Ayer telefoneó a mi casa de la ciudad para decirme que esta mañana me iba a enseñar algunos documentos que demuestran que los marcianos son los culpables de todas las catástrofes que suceden en este mundo.

–Inundaciones, terremotos, huracanes e incluso accidentes de tráfico –me dijo–. Mañana te lo demostraré.

Ese hombre sabe que siento una debilidad especial por los marcianos y quiere golpearme donde más me duele. A la una del mediodía, sin embargo, todavía no se ha dejado ver. Seguramente, está en su casa jugando con su hijo a matar extraterrestres en la pantalla del ordenador. Él sabrá lo que se hace. A la una y media vuelvo a la pensión. Es hora de comer. El comedor está vacío, creo que soy el único huésped. Con este tiempo los turistas se retrasan. Me siento en la mesa del rincón y espero con el tenedor en una mano y el cuchillo en la otra a que Demetria me sirva la comida. Tengo el estómago en los talones y no quiero disimular que tengo hambre.

Demetria me sirve al mismo tiempo un plato de garbanzos y otro con dos pescadillas fritas que se muerden la cola. Con una mano lleva el plato de los garbanzos y con la otra el de las pescadillas. Los garbanzos no tienen ni una pizca de sal. Le recuerdo que no puedo soportar la comida sosa y ella, en lugar de darme una excusa, me enseña la punta de la lengua. No está bien que las mujeres gordas hagan esas cosas. Aparto el plato de garbanzos a un lado y me concentro en las pescadillas. Me fascinan los ojos blancos de los peces fritos. Parece como si te estuviesen mirando desde el otro mundo.

–No es bueno echar demasiada sal en la comida –se justifica por fin Demetria.

Se sienta a mi lado, se queda mirándome la cabeza y dice que este año me está volviendo a crecer el pelo. Miente como una bellaca, pero no voy a entrar ahora en discusiones. Con pelo o sin pelo, sigo siendo el mismo de siempre. Sigo atacando las pescadillas y cuando solo quedan las raspas salgo a la calle con el paraguas al hombro, como si fuese un fusil. Ahora no llueve, pero puede empezar a hacerlo en cualquier momento. La estación del autobús queda a cien metros. Algunos veraneantes vuelven a la ciudad antes de lo previsto. Adelantan el regreso por culpa de la lluvia.

Pedro y su hijo se marchan también del pueblo en el autobús de las cuatro y media. Le recuerdo que todavía estoy esperando que me enseñe los papeles de los marcianos. Dice que me los enseñará cuando vuelva al pueblo el próximo fin de semana. El niño, a su lado, sonríe como si estuviese en el secreto de todo. Tendrá nueve o diez años. Le pregunto cuántos marcianos ha matado esta mañana con su ordenador y responde que liquidó a todos los que pudo.

—Ja, ja —se ríe su padre.

Estoy seguro de que ese hombre no tiene ninguna prueba de que los marcianos estén convirtiendo el universo en un avispero. Vamos a ver qué papeles me enseña cuando vuelva la semana que viene. Se despide tendiéndome la mano izquierda. Creo que eso es también de mala educación. La izquierda es la mano del diablo. Le deseo buen viaje y, aprovechando que su padre está mirando a otra parte, me acerco con disimulo al niño y, como quien no quiere la cosa, le doy un pisotón de aquí te espero. Luego vuelvo a la pensión, me encierro en mi cuarto y me asomo otra vez a la ventana para ver cómo sigue lloviendo. Me quedan todavía catorce días de vacaciones, pero podría ser que en todo ese tiempo no volviese a ver el sol.

«CUORE INGRATO»

Me he pasado toda la tarde sentado frente al mar. Me gusta ver el ir y venir de las olas. Cuando cierra la noche vuelvo a la pensión, rechazo con una sonrisa la cena que me ofrece la patrona y me encierro en mi cuarto. Este año elegí este pueblo de la costa para pasar las vacaciones, porque dicen que por las noches es un buen sitio para ver pasar platillos volantes.

—Vienen por la derecha y se van por la izquierda —me ha dicho esta misma tarde un viejo del pueblo—. Siempre hacen lo mismo.

Son ya las dos de la madrugada, pero esta noche no he visto ni una sola luz. La verdad es que no es fácil verlas, algunas veces pasan semanas enteras sin que aparezcan.

En fin, ha llegado la hora de meterse en la cama. Vamos a ver qué tal duermo esta noche. Pongo una almohada debajo del colchón porque quiero dormir con las piernas más altas que la cabeza y, además, me tiendo sobre el costado derecho para que mi corazón no trabaje tanto. Si no me cuido yo, no me cuidará nadie. Este pobre cuerpo tiene que durar bastantes años, porque no he perdido todavía la esperanza en un futuro mejor y quiero ver qué tal pintan entonces las cosas.

Les diré ya que hace muchos años que no me fío un pelo de la gente de este mundo, pero que confío firmemente en la buena fe de los marcianos del Partido A, que son los que tripulan la mayoría de los platillos volantes.

Ya sé que no se puede medir a todos los marcianos por el mismo rasero y que en ese lejano planeta viven marcianos óptimos, marcianos simplemente buenos, marcianos malos y marcianos malísimos. Los del Partido A, sin embargo, son mis preferidos, insisto sobre este punto, y estoy seguro de que serán ellos quienes nos salven a los terrícolas de la iniquidad y del desamor.

Esta noche, sin embargo, mi otro yo no está tan seguro y me formula preguntas difíciles de responder.

—A mí me parece que haces mal confiando tanto en esa gente —me aconseja.

—Eres tú quién está equivocado —le contesto—. Estoy seguro de que ese grupo de marcianos conseguirán que los terrícolas vivamos una segunda edad de oro.

—¿Una segunda edad de oro? ¿Estás seguro de que alguna vez hubo una primera edad de oro?

Mi *alter ego* desconfía incluso de la pareja de turistas italianos que llegaron esta mañana a la pensión. Ese hombre, por cierto, se ha pasado toda la tarde en su habitación, tal vez debajo de la ducha, cantando «Cuore ingrato».

—Sí, sí, desconfía de ese individuo —me aconseja mi *alter ego*—. Desconfía de todos los hombres que cantan demasiado.

No quiero hacerle caso. Cierro los ojos y procuro dormir. No va a ser fácil, porque pienso en demasiadas cosas al mismo tiempo. Además, me cuesta trabajo respirar y eso me complica todavía más el insomnio. No encuentro a mi alrededor todo el aire que necesito. Respiro con la boca abierta, pero no tengo suficiente y de vez en cuando me veo obligado a apretarme la punta de la nariz con el pulgar y el índice y tirar un poco hacia arriba. De ese modo puedo meter un poco más de aire en los pulmones. Mi *alter ego*, sin embargo, se lo toma a broma.

–¿Y si haciendo eso te creciese un poco más la nariz? ¿Y si estirándotela cada noche de ese modo acabas convirtiéndote en un nuevo Pinocho?

Reconozco que no me gustaría. Si la gente me tomase por un nuevo Pinocho, creería todavía menos las maravillas que les cuento sobre los marcianos del Partido A. Hace unos días, por ejemplo, supe que los astrónomos del Vaticano, y hasta el mismísimo Papa, defienden no solamente la existencia de vida inteligente en otros planetas, sino incluso la posibilidad de que los marcianos, sobre todo los del Partido A, sean todavía más listos que nosotros.

Otra vez pienso en el turista italiano y en su extraña forma de cantar «Cuore ingrato». No es que desafine, pero me ha pa-recido que vocalizaba la letra de esa hermosa canción como si no le quedase ni un solo diente en la boca. Además, antes de meterse en su habitación lo vi andar por el larguísimo pa- sillo y me pareció también que caminaba de un modo extraño, como balanceándose.

«Suponiendo que ese hombre y su mujer estén ahora follando –me pregunto–: ¿Será también ese italiano como algunos desdentados que antes de follar no tienen inconveniente en quitarse la dentadura postiza y la dejan sobre la mesita de noche, a la vista de la mujer que se están trajinando?»

Parece una tontería, pero no lo es, porque si hacen eso significa que confían mucho en su virilidad y en que superarán el coito sin ningún tipo de problemas.

En estos momentos me preocupa también su forma de andar. Nunca he visto a nadie andar de ese modo. Estoy dándole vueltas y más vueltas y finalmente llego a la conclusión de que ese italiano camina como si alguna vez hubiese tenido tres piernas.

Esa posibilidad me plantea nuevas incógnitas: si hubo un tiempo en que tuvo tres piernas, ¿por qué permitió que le amputasen la pierna que podríamos llamar supernumeraria? ¿Fue por prescripción médica? ¿Decidió tal vez cortársela para convertirse en un hombre normal, es decir, un hombre como los demás, que solo tenemos dos piernas? ¿Tanto valoró la normalidad que le había negado la naturaleza que no vaciló en arriesgar su vida en una operación tan problemática?

En fin, admito que se trata únicamente de elucubraciones, sin demasiado sentido, que me hago mientras doy vueltas y más vueltas en la cama. Pienso, finalmente, que en este mundo no hay hombre que nazca con tres piernas.

—Pues en eso también te equivocas —observa mi otro yo, que está empeñado en llevarme siempre la contraria—, no sería el primer caso de la historia. Recuerda el caso de Frank Korpoff, que nació con una pierna suplementaria que lo hizo célebre y famoso en todo el mundo.

No sé de qué Frank Korpoff me está hablando. Algunas veces mi *alter ego* me cuenta cosas que ni siquiera yo mismo recuerdo. No quiero, sin embargo, discutir ahora, lo que me interesa es conciliar el sueño. Me olvido por fin del Vaticano y de la forma de cantar del italiano. Me olvido también de su extraña forma de andar y cierro los ojos. He dejado la ventana abierta y, poco a poco, acunado por las canciones de los marcianos del Partido A, voy quedándome dormido.

EL VENDEDOR DE CARROZAS

Las diez de la mañana. El sol luce en un cielo claro como el ojo de un pájaro. La vieja locomotora se detiene resoplando en la estación de Bundershwert, muy cerca ya del tenebroso bosque de Garwstein. Arrastra un solo vagón y en ese vagón yo soy el único pasajero. Hubo otros viajeros, pero se apearon en la última estación porque ninguno de ellos tuvo valor para adentrarse en el bosque de Bundershwert. Prefieren dar un rodeo y llegar a sus respectivos destinos por otros caminos, aunque tarden más. Un lujo, por desgracia, que yo no puedo permitirme.

Me asomo a la ventanilla en el instante en que un hombre enlutado se dispone a subir al tren.

«Es él», pienso.

Un momento después entra en mi compartimento y se sienta enfrente. Es él, no hay duda, no me enseña los colmillos, pero lo reconozco por su mirada enrojecida. Me sorprende verlo a la luz del sol, pero sé que en ocasiones algunos no muertos pueden soportar los rayos del astro rey, aunque los aborrezcan, y que durante este tiempo de luz les está prohibido matar.

—Permítame que me presente —dice el hombre enlutado, con una voz que parece surgir entre algodones—. Posiblemente haya oído hablar de mí alguna vez. Soy el barón Demetrius von Ripsen, señor de Bundershwert.

No quiero dejarme impresionar por su sonrisa de suficiencia. Alzo la barbilla y soporto su mirada de fuego sin parpadear. Yo también tengo derecho a presentarme, aunque no pueda presumir de títulos de nobleza. Le digo que me llamo Tadeo Hildelmayer y que soy vendedor de carrozas y coches fúnebres.

—Las mejores carrozas del mercado —preciso, con un punto de orgullo.

No tengo por qué decirle que de un tiempo a esta parte el sector de las carrozas está de capa caída y que hace ya varios meses que no consigo ni un solo pedido. El barón me apunta con un índice que parece deformado por el reuma.

—¿Y no se siente orgulloso de ser el único viajero en todo este tren? ¿No le satisface saber que en estos momentos dispone en exclusiva de una poderosa máquina compuesta por chimenea, ruedas, bielas, manivelas, frenos y miles de tuercas y tornillos para que usted pueda llegar rápidamente a su destino?

No sé si todo eso me lo pregunta en serio o si lo hace únicamente para tomarme el pelo.

—No, no tiene ningún mérito —le contesto—. Los otros viajeros se apearon en la última estación porque temían cruzar el bosque de Bundershwert, del que usted es propietario y señor.

—Sin embargo, ese maravilloso bosque es la mayor reserva ecológica del país —dice el barón—. En ningún otro bosque encontrará usted tantos lobos, lechuzas, víboras y mochuelos. Sé que todas esas criaturas estaban añorando mi presencia y he decidido ir a visitarlas este fin de semana. Una visita que algunos podrían calificar de pastoral. Esta misma noche, de todas formas, tengo previsto regresar a mi castillo.

—Demasiados kilómetros para cubrir en una sola jornada —opino.

—Es cierto, demasiados kilómetros. Además, me fastidia esta forma de viajar. Me parece humillante para un hombre de mi categoría someterse al horrible traqueteo de los trenes regionales. Es una pena, pero no tengo más remedio que recurrir al ferrocarril desde que perdí mi última carroza. Dígame, ¿dónde podría encontrar en estos tiempos que corren una carroza a buen precio?

Pienso que no puedo dejar escapar esta oportunidad. Por algo dirán que la ocasión la pintan calva. Le digo al barón que puedo proporcionarle todas las carrozas que necesite, algunas incluso con un nuevo sistema de frenado y suspensión.

—Carrozas extremadamente manejables, con cuatro ruedas y ventanillas de vidrio —le digo.

—De acuerdo —responde el barón, sin pensárselo dos veces—. Le espero mañana por la noche en mi castillo. Estudiaré con atención su oferta.

Y mientras observa mi yugular con ojos de buitre no puede reprimir la tentación de pasarse la lengua por los labios. Aun así, estoy dispuesto a visitarlo mañana por la noche en su castillo, aunque soy consciente de los graves peligros a los que me expongo. Todo sea por conseguir una buena venta.

EL HOTEL ALUCINANTE

La carretera sube hasta los mil quinientos metros entre enormes peñascos, llega a una gran explanada y acaba a las puertas del viejo hotel, en medio de un circo de montañas que parecen tocar el cielo. Todavía queda un poco de nieve en lo más alto. Construyeron este hotel hace más de cincuenta años y fue uno de los balnearios de moda del país. Lo cerraron hace quince años y ahora está completamente vacío. De hecho, se ha convertido en una ruina. Eso es, por lo menos, lo que me juraron en la agencia inmobiliaria.

—No se preocupe —me dijeron—. Le garantizamos que durante los próximos quince días estará usted más solo que la una.

Eso es lo que busco y necesito, pasar un par de semanas en un hotel en ruinas. No quiero compartir con nadie esta soledad y esta decadencia. Caprichos de escritor que tiene fama de excéntrico. Quiero convertir esta desolación en el escenario de mi próxima novela. La soledad me servirá de inspiración. Esa fue la condición que puse a los de la agencia para alquilarles las diez habitaciones de la primera planta del hotel. Durante los próximos quince días no quiero a nadie vivo en diez kilómetros a la redonda.

—Muy bien —les diría ahora a los pillastres de la agencia, si pudiesen escucharme—. Me aseguraron ustedes que durante las próximas dos semanas iba a encontrar en este hotel la más absoluta de las soledades. Les pagué un buen precio por ello. Pero, díganme entonces, ¿qué significa esa ventana iluminada en el tercer piso? ¿A quién ilumina esa luz?

Brilla una luz anaranjada, en efecto, en una de las ventanas de la fachada. No me engañan los sentidos. Le pregunto al taxista si también puede verla y responde que sí, pero que prefiere no hacer comentarios. Tiene prisa por volver al pueblo. Ni siquiera espera a que le dé propina. Dice que le está esperando su mujer, pone el coche en marcha y me abandona sin contemplaciones al pie de la escalinata que lleva a la recepción.

Nadie, obviamente, acude a recibirme. Anochece y, por detrás de las montañas, se acerca una tormenta. De vez en cuando, el cielo se ilumina con el cárdeno resplandor de los relámpagos. Son ahora las cinco de la tarde y empieza a llover. Me refugio en la recepción y enciendo los candelabros de siete brazos que un empleado de la agencia dejó preparados encima del mostrador. El viejo reloj que un día ordenó el ir y venir de los huéspedes señala también las cinco de la tarde. Coincide pues la hora inmovilizada con la hora real. De vez en cuando, suceden esas cosas, la fantasía y la realidad se confunden y no sabes dónde acaba la realidad y empieza la fantasía, o al revés, dónde empieza la realidad y dónde acaba la fantasía. Algunas veces, esa confusión te puede costar cara. Oprimo el interruptor de cobre, pero no suena ningún timbre ni se enciende ni una sola luz. Supongo que todas las bombillas se fundieron hace años. Nada que objetar, por lo tanto, en ese aspecto, los de la agencia cumplen lo prometido.

¿Qué hace, sin embargo, vuelvo a preguntarme, esa ventana iluminada en el tercer piso? ¿Con quién estoy obligado a compartir mi soledad?

Una escalera de mármol agrietada me lleva a la habitación ciento once, en el primer piso. He sentido siempre una debilidad especial por ese número y he decidido establecer precisamente en esa habitación mi cuartel general. Subo, pues, los escalones de puntillas para no enredarme los pies con la alfombra deshilachada. Por esta misma escalera, subieron y bajaron hace medio siglo los más influyentes personajes del país. Políticos famosos, conspiradores, artistas reconocidos e incluso alguna marquesa encorsetada. Empujo la puerta de la habitación, levanto el candelabro por encima de mi cabeza y descubro en el fondo una enorme cama con dosel, un armario de tres cuerpos y dos butacas tapizadas de rojo. Hace años que las polillas convirtieron la cortina del dosel en un pingajo. Contengo la respiración y me parece escuchar el ir y venir de las termitas. Conozco bien a esos insectos de color amarillo y fuertes mandíbulas, con las que raspan y arrancan pequeños trozos de madera. En solo cuestión de días, una termita adulta puede hacer en la madera un orificio ovalado o de rebordes irregulares de ocho milímetros por el que puede salir al exterior para copular y asegurar el milagro de la continuidad de la especie. Se me plantea, pues, otra pregunta: ¿cómo es posible que esa cama, pese a todas las termitas y después de todos estos años, se mantenga todavía en pie?

Admito que en circunstancias normales me gustaría dormir en esa cama, pero me espanta la posibilidad de que esas voraces criaturas confundan mi cuerpo con la madera de la que se nutren y acabe yo también convertido en un montón de serrín. Ya veremos dónde duermo esta noche. Puedo buscar otra habitación que tenga una cama de hierro forjado, a salvo de la mandíbula de las termitas.

Abro la ventana de par en par y me asomo a un patio interior al que seguramente dan todas las habitaciones del hotel.

La ventana del tercer piso sigue iluminada, pero vista desde aquí la luz no es anaranjada, sino azul.

–¿Quién anda ahí? –pregunto, formando bocina con las manos.

Nadie responde. En estas circunstancias se me ofrecen tres opciones.

Opción A: Llamar a la agencia, suponiendo que mi móvil tenga suficiente cobertura, y preguntarles otra vez por qué me juraron que no había nadie en este hotel.

Opción B: Armarme de valor, subir al tercer piso, entrar en la habitación iluminada y pedirle explicaciones a la persona que encuentre en el interior. Si es preciso, plantarle cara, llegar incluso a las manos y expulsarle violentamente del hotel.

Opción C: No hacer caso de la habitación iluminada, es decir, hacerme el desentendido, no alterar mis planes y continuar como si tal cosa.

De las tres opciones, la opción A me parece la más razonable, pero ¿puedo fiarme de lo que digan los de la agencia, si ya me mintieron una vez? ¿No es cierto que quien ha mentido una vez puede mentir otras mil veces?

Lo primero que tengo que hacer ahora es elegir otra habitación para pasar la noche. He de encontrar una cama de hierro forjado donde pueda dormir sin exponerme a las mandíbulas de las hambrientas termitas. Si no la encuentro, pasaré la noche sentado en un sillón.

Medianoche.

He tenido suerte, en la habitación ciento veinte encontré una cama de hierro de noventa centímetros. Comprendo y aplaudo la obsesión de los constructores victorianos por la limpieza de las camas de hierro. Se me plantea, de todas formas, otra pregunta de difícil respuesta: ¿cómo es posible que en sus tiempos de esplendor este hotel no tuviese un mobiliario único? ¿Por qué hay habitaciones con camas de hierro y otras con camas de madera e incluso con dosel?

Me tumbo vestido encima de un edredón azul eléctrico relleno de plumas. Estoy seguro de que rellenaron este edredón hace solo un par de días, como si alguien supiese de antemano que, tras desechar la cama de las termitas, elegiría finalmente esta elegante cama de hierro forjado. No me atrevo, de todas formas, a cubrirme con el edredón, quiero estar en disposición de saltar al suelo en cualquier momento. Procuraré también mantener los ojos abiertos todo el tiempo que me sea posible. Lo ideal sería dormir con los ojos abiertos, pero sé muy bien que eso es imposible.

A las doce y media se escucha un alarido pidiendo auxilio. Viene, obviamente, de la habitación iluminada. Supero mis aprensiones y me cubro la cabeza con el edredón.

«¿Quién pide auxilio de ese modo?», me pregunto.

Mañana, si todavía continúo vivo, se lo preguntaré a los de la agencia. No me importa ya que mientan. Necesito una respuesta, aunque sea falsa.

Madrugada.

Son ahora las seis de la mañana. Canta a lo lejos un gallo y le responde otro. Empieza a hacerse de día. En toda la noche no ha habido más alaridos pidiendo auxilio.

Por el momento, continúo vivo, es decir, sigo en este mundo. Ya sé que lo que acabo de decirles es una obviedad, pues si no estuviese vivo tampoco habría podido escribir lo que en estos momentos están ustedes leyendo. De todas formas, prefiero dejar claro ese extremo: sé que sigo vivo porque mi corazón, pese a esa ventana iluminada, continúa latiendo.

Me asomo al patio interior en el instante justo en que se apaga la luz de la ventana. Todas las ventanas son ahora iguales. Tal vez, ahora que empieza un nuevo día, hayan decidido concederme una tregua.

Por lo que se refiere a los gallos, será otro motivo de queja. Recordaré a los de la agencia que el canto de esos animales tampoco estaba previsto en nuestro contrato.

Vamos a ver ahora cómo organizo mi trabajo. Pero vamos a ver, también, si, cuando se ponga otra vez el sol, esa ventana vuelve a iluminarse y se repite el tremendo alarido de esta noche pasada. Vamos a ver, en fin, si sobrevivo finalmente a este misterio.

ANATOMÍA DEL GALLO

Esta mañana he recibido una carta de la sucursal de mi banco en Elmerstein en la que se me comunica que ya tengo abonada en mi cuenta la transferencia que estaba esperando. El señor conde de Mesmertov cumplió, pues, su promesa, aunque con cierto retraso, por medio seguramente de su misterioso representante bancario en esa pequeña localidad, famosa en toda la comarca por sus castañas pilongas.

Les explicaré brevemente, sin entrar en demasiados detalles, la historia de esa transferencia, que me ha convertido en un hombre rico, con sus necesidades económicas cubiertas de por vida.

Hace diez años abandoné mi cátedra de Biología Animal en la Universidad de Elmerstein y me instalé en esta aldea perdida entre las montañas, al pie del siniestro castillo fosforescente en el que habita el conde de Mesmertov. No renuncié, sin embargo, a la ciencia, pues en esta aldea me especialicé en el estudio de las aves de corral y hoy puedo decir que no hay nadie en toda la comarca (tal vez en todo el país), que sepa tanto de gallos y gallinas como yo.

Les diré todavía más: no quiero pecar de inmodesto, pero mis conocimientos sobre gallos rebasan todo lo imaginable.

He aquí algunas informaciones curiosas sobre ese animal de plumas lustrosas y abundantes, con los tarsos armados de temibles espolones:

Primero: Fue Ramberto, obispo de Brescia, quien hace más de mil años, ordenó que los colocasen en lo alto de los campanarios de todas las iglesias y catedrales como imagen del Mesías que anuncia el derecho a la vida espiritual.

Segundo: Los gallos son también símbolo solar y en Japón pensaban que cada mañana cantaban para despertar a Amaterasu, la diosa del sol, que se había quedado dormida en una cueva.

Tercero: Los gallos no cantan jamás en lugares demasiado húmedos. La niebla les espanta y agarrota sus cuerdas vocales.

Cuarto: Los leones y los basiliscos de mortífera mirada temen a los gallos. Si ven un gallo acercándose por la derecha, ellos se escapan por la izquierda.

Quinto: Hubo un tiempo en el que vivían en un hermoso templo dedicado a Heracles.

Les confieso, de todos modos, que no debo la espléndida transferencia bancaria del señor conde a todos esos conocimientos, que, al fin y al cabo, son simple folclore. Todos sabemos, en efecto, que el folclore puede llenar de felicidad y de nostalgia el corazón de algunos hombres amantes de sus tradiciones, pero no sus bolsillos. Les confesaré, pues, que fue el conde de Mesmertov quien, por otras razones, pudo y quiso recompensar mis servicios con una generosidad de la que solamente son capaces los auténticos príncipes.

La historia, como les digo, es simple: hace un par de años empecé a interesarme por la anatomía interna de los gallos. No son animales fáciles de estudiar, ni mucho menos. Tengan ustedes en cuenta que los gallos tienen doble aparato circulatorio, el corazón dividido en cuatro cavidades, un sistema nervioso mucho más desarrollado que el de los reptiles y carecen de oído externo. Para acabar de complicar las cosas, tienen las cuerdas vocales situadas en la bifurcación de la tráquea y ni siquiera tienen vejiga urinaria.

Fui profundizando en mis estudios, diseccioné sin éxito un centenar de gallos –víctimas inocentes que sacrifiqué al servicio de la ciencia– y, por fin, una noche en la que me sentí especialmente inspirado, cogí un gallo vivo, lo inmovilicé convenientemente y, armado con un minúsculo bisturí, le practiqué una pequeña incisión en su vasculatura arterial carotidea cerebral. Lo más difícil fue que tuve que realizar la operación completamente a oscuras y variarle el fotoperíodo ciento veinte minutos. De ese modo aparentemente tan simple conseguí que, al día siguiente, aquel gallo retrasase un par de horas su canto matutino.

Repetí luego la misma operación con todos sus hermanos de la aldea (catorce en total) y creo que lo pasaron bastante mal, pues con ninguno de ellos recurrí a la anestesia. Lo importante es que con ninguno me falló el pulso con el bisturí, y hoy puedo proclamar con orgullo que todos los gallos de este pueblo, sin excepción, cantan ciento veinte minutos después de la salida del sol.

¿Por qué lo hice? ¿Qué significan dos horas más o menos, en la historia de un universo que se mide por miles de millones de años luz?

La respuesta también es sencilla, no tiene vuelta de hoja: gracias a las intervenciones quirúrgicas que he practicado en los quince gallos de la aldea, el señor conde de Mesmertov, que, como todos los vampiros, solo se deja ver por las noches, puede gozar de sus doncellas hasta bien entrado el día.

Hasta ahora, alertado por el poderoso canto de los gallos, el conde se veía obligado a abandonar a sus víctimas para huir apresuradamente hacia las tinieblas de su tumba. Eso es lo que hacía, día tras día y durante siglos, apenas el astro rey asomaba tras el horizonte. Hoy no escucha ya el canto de esos gallos madrugadores y es como si, para él, el sol continuase dos horas más escondido tras las montañas.

De ese modo, dispone de dos horas más para gozar de sus hermosas víctimas. Eso, bien mirado, no tiene precio.

—Si me consigues esas dos horas extras, respetaré tu yugular y te convertiré en el hombre más rico de toda la comarca —me prometió.

Y eso es lo que hizo el otro día al consumar la transferencia bancaria. El conde cumplió su palabra y me hizo además la firme promesa de que no contaría mi hazaña a sus colegas, es decir, a los demás vampiros de la comarca, para evitar que, mortificados por la envidia, esa pandilla de no muertos hiciese cola delante de casa para solicitar mis servicios. Habría sido demasiado trabajo para un hombre que, como yo, está ya próximo a la jubilación.

ENTREVISTA CON EL VAMPIRO

Hace una semana recibí en la redacción de mi revista una invitación para visitar al conde Klodoveo von Bernstein en su enorme castillo de Fredhustein. Fue el propio conde quien solicitó personalmente la entrevista, con la firme promesa de que respetaría mi vida y la de mis posibles acompañantes.

Obviamente, el conde Klodoveo von Bernstein es un vampiro temido durante muchos años en toda la comarca de Hafsert, pero parece ser que ahora quiere aclarar conmigo algunos extremos para que luego sea yo quien los divulgue por todos los medios de información a mi alcance.

—Si yo estuviese en su puesto, no aceptaría esa entrevista —me aconsejó el director de la revista, que tiene fama de pusilánime—. Puede ser una trampa. No es necesario que se exponga a esos peligros.

No le hice caso. Ningún periodista que se precie puede renunciar a la posibilidad de conseguir un buen reportaje, así que esta misma mañana me armo de valor y salgo en dirección a Gasparov en el tren de las ocho. Dos horas después, un desvencijado autobús de línea me lleva de Gasparov a Hafsertsrein, capital del estado de Gortazt. En Hafsertsrein está esperándome una espléndida carroza fúnebre alquilada seguramente por el representante del conde en esta ciudad.

La verdad es que no esperaba semejante medio de transporte, pero no tengo otra opción. La carroza es de color morado, seguramente es de las que utilizan en esta ciudad en tiempos de Cuaresma. No puede decirse que la suspensión sea buena, pero finalmente consigue dejarme ante las puertas de su siniestro castillo, en lo alto de la escarpada montaña que domina el valle del Gorga.

Quiero aclarar que ha sido la primera vez que he viajado en un carroza de estas características, aunque haya sido en el pescante, junto a un cochero que durante la hora larga que duró el viaje ni siquiera se ha dignado a mirarme a la cara.

Empieza la entrevista.

«El conde –escribo en mi libreta de notas– me recibe en un salón inmenso con grandes ventanales que se abren seguramente al profundo desfiladero del río Gorga.»

Es un hombre ligeramente obeso, sin apenas nariz, las orejas en forma de asa y una melancólica sonrisa que curva apenas la comisura de sus labios. Sospecho, de todas formas, que ese no es su verdadero aspecto. Todos los vampiros esconden su verdadero aspecto, que solo muestran ante sus íntimos. Son en estos momentos las dos de la tarde y luce un sol radiante, pero, a pesar de la hora y del sol, escucho a lo lejos el ulular de un mochuelo solitario –digo solitario porque no le responden– y todavía más lejos, tal vez al otro lado del desfiladero, el aullido de un lobo, seguramente tan solitario como el mochuelo.

–En efecto –empieza diciéndome el conde–, no nos andemos con rodeos. Usted sabe muy bien que soy un vampiro y que desde hace siglos me he dedicado exclusivamente a hacer lo que más me gusta, es decir, a matar a todos los habitantes de esta comarca, hombres o mujeres, que se ponían a mi alcance.

—Eso lo hace también con mucha eficacia su colega el famoso conde Drácula —le interrumpo, tirándole de la lengua.

—No le llame usted colega, porque Drácula pertenece a otro clan de vampiros —me corrige el conde—. Para empezar, le diré que Drácula hiere a sus víctimas con los colmillos, que son muy largos. Mis colmillos, sin embargo, son poco más o menos como los de cualquier hombre, y nunca los he utilizado para morder.

Abre la boca, me muestra la dentadura y con el dedo índice se señala los incisivos, extraordinariamente desarrollados.

—Yo muerdo a mis víctimas con los incisivos, como hacía el gran Nosferatu antes de convertirse en una nube de polvo. Eso significa que, en todo caso, yo pertenezco al clan de los Nosferatu, no al de Drácula.

«El conde Von Bernstein pertenece al clan de los Nosferatu», escribo en la segunda página de la libreta de notas.

—Comparados con nosotros —sigue diciéndome—, todos los vampiros pertenecientes al clan de Drácula nos parecen unos petimetres insufribles, que llegan incluso a acicalarse cada noche antes de salir en busca de sus víctimas. Se lustran sus zapatos de charol y creo que algunos llegan incluso a maquillarse.

—Seguramente todos ustedes (me refiero a los del clan Nosferatu) son también capaces de volar. Drácula lo hacía con el aspecto de un murciélago.

—Desde luego. Si ahora me presentase ante usted con mi verdadero aspecto, vería usted que dispongo de grandes alas de piel enrolladas debajo del brazo. Son parecidas a las de un pterodáctilo. Con esas alas no puedo volar muy alto, pero sí planear distancias cortas.

«El conde Von Berstein puede planear distancias cortas», escribo.

—Habla usted de su verdadero aspecto —observo—. ¿Por qué no se muestra ahora ante mí bajo su verdadera apariencia? ¿No cree que los verdaderos periodistas, es decir, los periodistas de raza, tenemos derecho a enfrentarnos con la realidad y no con simples sucedáneos?

—Tal vez no lo resistiría —responde—. Si me lo permite, prefiero continuar como hasta ahora.

—Conozco muy bien el aspecto de Nosferatu, con el que usted compara a todos los de su clan. Era un ser de rostro alargado, orejas largas y tuberosas, y una cabeza de piel rugosa, sin un solo pelo. Seguramente es el vampiro con menos aspecto humano. Puede que su verdadero aspecto no sea peor que el de Nosferatu. ¿Le ha visto usted en *Eine Symphonie des Grauens*, que es su primera película?

—No voy al cine —responde el conde—. Los vampiros no solemos hacerlo. Estoy seguro de que ni siquiera el hortera de Drácula ha visto ni una sola de sus películas. En fin, lo que quiero decirle es que mi verdadero aspecto es todavía peor que el de Nosferatu.

—¿Y si hiciésemos la prueba? —insisto, mientras un par de enormes ratas cruzan por el extremo del salón.

—¿Podría usted resistir realmente mi fealdad? —inquiere el conde, incorporándose ligeramente y montando una pierna por encima de la otra—. ¿No confiará usted demasiado en su presencia de ánimo? ¿Y si le dijese, para empezar, que soy capaz de dilatar las pupilas hasta el doble de su tamaño normal? ¿Podría usted resistir sin desmayarse que en estos momentos le estuviese mirando con esos ojos descomunales, como si le estuviese sorbiendo el alma?

«Es capaz —escribo en mi libreta de notas— de aumentar dos veces el tamaño de sus ojos.»

—Pero eso no es lo peor —sigue diciéndome—. Sepa usted que, en mi verdadera apariencia, mi piel segrega constantemente una baba similar a la de los caracoles que atrae a todas las moscas y mosquitos en cien metros a la redonda.

Soy también capaz de extender la lengua hasta dos metros de distancia de la boca y de crear ampollas en todo mi cuerpo que puedo hacer estallar a voluntad. ¿Sería usted capaz de soportar la proximidad de una criatura semejante?

«Puede sacar la lengua hasta dos metros más allá de su boca», escribo.

El conde coloca cuidadosamente un cigarrillo en el extremo de una larguísima boquilla de marfil, lo enciende con un mechero de plata, apoya la cabeza en el respaldo del sillón y lanza hacia el techo una espesa columna de humo.

«El conde fuma con una boquilla de marfil», anoto en la libreta.

No podía imaginar, por cierto, que los vampiros, ni siquiera en su aspecto más humano, fuesen aficionados a fumar. La pregunta que me hago, por lo tanto, es la siguiente: ¿qué efectos debe causar la nicotina en los pulmones de un vampiro, suponiendo que todavía los conserven?

—En fin, lo que quiero decirle —prosigue el conde— es que hace quince días me puse delante de un gran espejo y al no ver mi imagen reflejada comprendí por fin la enormidad de mis pecados. Por primera vez en quinientos treinta años me sentí maldito de Dios.

La voz se le quiebra y por un momento pienso que va a echarse a llorar.

—¿Usted cree que un ser como yo puede también redimirse a través de Cristo?

—La verdad es que no entiendo demasiado de esos temas —reconozco.

—Pues eso es precisamente lo que me interesa que quede muy claro en su entrevista: mi sincero arrepentimiento por todos los crímenes que he cometido y mi imperiosa necesidad de perdón. Quiero que anote eso en su libreta. Y escriba también que estoy dispuesto a soportar todas las penitencias que se me impongan con tal de escapar a los tormentos del infierno. Que todo el mundo conozca mi voluntad de enmienda.

Su confesión me pilla por sorpresa, tanta, por lo menos, como la carroza fúnebre que me estaba esperando esta mañana en la plaza mayor de Hafsertsrein. Lo menos que podía imaginarme era que iba a encontrarme con un vampiro arrepentido que se mortifica pensando en sus crímenes y abjura de su pasado. Puede que me esté tomando el pelo, pero, por si acaso, creo que lo mejor es seguirle la corriente.

—¿Sería usted capaz de soportar —le pregunto— todas las penitencias que le impusiesen? ¿Sería capaz, por ejemplo, de autoflagelarse hasta la extenuación o de cortarse esa extraordinaria lengua de dos metros?

—Sepa usted que mi resistencia al dolor es sobrehumana —susurra el conde.

—¿Tanto como la del conde Drácula? —le pregunto, tirándole otra vez de la lengua.

Esta vez consigo irritarle. Cambia el tono de voz y me pide que no vuelva a compararle con Drácula.

—Los pecados de ese conde de pacotilla son todavía mayores que los míos —puntualiza—. Tenga en cuenta que los de mi clan no somos capaces de vampirizar a nuestras víctimas, como hace Drácula. Nosotros nos hemos limitado simplemente a matarlos. Nadie puede acusarnos, pues, de haber engrosado el ejército de los no muertos, que es la peor forma de atentar contra la gloria del Señor. No hemos negado jamás a nuestras víctimas la posibilidad de que, una vez superado al trance de la muerte, viajen finalmente al cielo de los justos.

«El conde Klodoveo von Bernstein y sus colegas no han vampirizado jamás a sus víctimas», escribo.

Las dos ratas reaparecen en el extremo del gélido salón. Se detienen debajo de la mesa y durante un buen rato están contemplándome con una mirada que se me antoja humana.

Puede que me hayan reconocido. No puedo imaginar, sin embargo, qué criaturas se esconden tras ese aspecto de roedores.

«Un par de ratas con mirada humana», garabateo por fin en la libreta de notas.

Y cuando levanto la mirada para proseguir con el interrogatorio me encuentro solo. El conde ha desaparecido. Solamente los vampiros son capaces de esfumarse de ese modo. Puede que, de repente, sintiese que iba recuperando su verdadero aspecto y que, para no asustarme, se haya escondido en un algún aposento cercano.

Le habría preguntado alguna cosa más, pero no tengo más remedio que dar la entrevista por finalizada. Creo que el conde no tiene sirvientes. No tendré más remedio que encontrar sin ayuda la salida de este siniestro castillo.

LAS HORMIGAS VAMPIRO

A mediados del pasado mes de noviembre –creo que fue pocos días después de que un colega listillo se atribuyese como propios mis experimentos sobre la influencia de la electricidad sobre el anca de una rana muerta–, el profesor Sanguinus, del que tengo también más de cuatro razones para calificar de siniestro, solicitó mi presencia en la ciudad de Mortuoria, considerada oficiosamente la capital de los vampiros del país, para intervenir en la XXV Convención de los No Muertos, y discutir, junto con otros colegas, los últimos descubrimientos presentados a lo largo del año.

No pude rechazar la invitación. El viaje desde Bratinlova, ciudad en la que resido habitualmente, hasta Mortuoria es largo y complicado, pero la universidad consiguió que pusiesen a mi disposición una carroza último modelo, con un moderno sistema de suspensión que, como ustedes posiblemente sepan, independiza el cuerpo del carruaje de los ejes y lo mantiene suspendido en el aire gracias a poderosas correas. De ese modo tan simple evita en parte el terrible traqueteo que tanto martiriza los riñones de los viajeros.

El viaje, de todos modos, no fue fácil. En una primera etapa llegué hasta Rodsava, en las estribaciones de los salvajes

Cárpatos, y luego, siguiendo el curso del río Hywedvo por una carretera prácticamente intransitable, llegué a Predinsga, ciudad, por cierto, famosa por sus quesos de bola. Desde ahí, tras una parada de media hora, llegué por fin a Mortuoria. En total, diez horas de viaje. Salí de Bratinlova con las primeras horas del día y llegué a mi destino a última hora de la tarde, cuando todos los vampiros de la comarca, agazapados entre las crecientes tinieblas, estaban ya afilando sus colmillos.

Me hospedé en el Hostal del Glóbulo Rojo, donde, habida cuenta de mi prestigio, se me había reservado la mejor habitación del establecimiento, con muebles de ébano, cortinas rigurosamente negras y una amplia ventana al exterior desde la que podía divisar el cementerio de la ciudad, ubicado en una colina cercana y fácilmente localizable gracias a un grupo de altísimos cipreses que hundían sus raíces entre las tumbas. Admito que tal vez los muebles de la habitación no fuesen realmente de ébano, pero en todo caso eran negros, que es, en definitiva, lo único que importa, porque el negro es el color que más conviene a los hombres como yo, que viven fascinados por el inconmensurable misterio de la muerte.

Al día siguiente de mi llegada, sin más dilaciones, dimos inicio a la convención. No había tiempo que perder, asuntos urgentes reclamaban mi regreso a Bratinlova lo antes posible. El primer asunto a tratar lo presentó el Doctor Raimonius, de la Universidad de Wozpiguel, un hombre que tenía fama de ser bastante frívolo y aficionado a seducir a las estudiantes más hermosas del curso.

—He llegado a la conclusión —empezó diciendo Raimonius, con el tono grandilocuente que caracterizaba todas sus intervenciones académicas— de que los colmillos de los vampiros son bastante más largos cuando los no muertos actúan empujados por la lujuria que cuando simplemente quieren alimentarse con la sangre de sus víctimas, es decir, que cuando actúan por razones exclusivamente gastronómicas.

Hubo más de cuatro colegas en el hemiciclo que no pudieron reprimir una carcajada. Repliqué personalmente a tan peregrina hipótesis recordando a los presentes que no todos los vampiros se sirven de los colmillos para desangrar a sus víctimas.

–Ahí tiene usted el caso de Nosferatu y sus discípulos, que, según se ha demostrado, mordían a sus víctimas con los dos dientes centrales. ¿Pretende usted decirnos ahora, con su descabellada teoría, que también al gran Nosferatu, a quien nadie puede discutir su condición de vampiro, le crecían los incisivos cuando se sentía motivado sexualmente?

No tuve necesidad de recurrir a más argumentos para desarmar a Raimonius. Después de escuchar mis palabras el pobre hombre no se atrevió a replicar. Asintió un par de veces con la cabeza y entornó los párpados, admitiendo sin rechistar mi réplica. Fue pues, desarbolado a las primeras de cambio. Tampoco me planteó problemas la intervención del profesor Boludmanstein de la Universidad de Jamapievo, que pretendió demostrarnos que últimamente se estaban dando en su comarca algunos casos de vampiros vegetarianos que, además, eran capaces de resistir la luz del sol como si tal cosa, e incluso de cantar hermosas canciones napolitanas mientras se afeitaban por las mañanas.

–Otra estupidez que no merece ser tenida en cuenta –dije, poniéndome un poco de mal humor–. Ante todo, les diré que no se ha podido demostrar nunca que a los vampiros les crezca la barba, como sucede a cualquier ciudadano de este país, paguen o no paguen sus impuestos. Pero es que, además, lo que define a los vampiros es precisamente su afición a la sangre humana. Hablar de vampiros aficionados a las zanahorias es como hablar de la cuadratura del círculo e intentar demostrarla. ¿Quién es capaz, señores míos, de imaginarse una vaca desayunando un rosbif?

Hubo después otras intervenciones igualmente estúpidas, pero cuando intervino por fin el doctor Sanguinus no lo tuve tan fácil. Ese hombre es un gato viejo, curtido en mil batallas, y supo defender su idea con encarnizamiento, a pesar de que era tan ridícula como las anteriores. Nos habló, concretamente, de unos leñadores de las montañas Kracoveanas que habían localizado en lo más profundo del bosque una extraña colonia de hormigas vampiro.

—Vale la pena que estudiemos ese descubrimiento —dijo—. Las colonias de esas hormigas se alimentan de la sangre de sus larvas, aunque no las matan.

Y, ni corto ni perezoso, solicitó al Departamento de Tesorería de la universidad una fuerte dotación económica para financiar una expedición de la facultad a las remotas montañas Krakoveanas y ver qué había de cierto en todo aquello.

—Señores, todos sabemos que las hormigas son vegetarianas —dije, sin más—. El único sueño de una hormiga que marcha por los caminos es poder alcanzar el carrito de la miel.

—Las hormigas a las que me refiero —continuó el profesor Sanguinus— pertenecen a un género muy primitivo. Son hormigas fundamentalmente hipogeas que viven bajo las grandes piedras y en la madera en descomposición.

—Imposible concebir una hormiga vampiro —dije, subiendo un poco el tono de voz—. Tan imposible como imaginar un vampiro que sea inmune a la luz del sol.

—Si hemos de creer a los leñadores —siguió Sanguinus—, las hormigas de esas colonias se alimentan de la sangre de sus larvas, pero no las matan.

—No puede llamarse propiamente sangre a lo que circula por el cuerpecillo de las larvas —observé.

—Los nidos de esas hormigas suelen carecer de cámara central —siguió explicando el profesor Sanguinus, para demostrar a los demás congresistas que conocía muy bien el universo de las hormigas—. Y parece ser que las feromonas que segregan por las glándulas mandibulares juegan algún papel en el reclutamiento de las obreras.

—Solamente las hormigas depredadoras son aficionadas a cazar las moscas sin alas de la fruta —añadí, cerrando los puños y subiendo aún más el tono de voz—. ¿Puede llamarse a eso verdadero vampirismo? ¿Puede llamarse vampiras a ciertas hormigas solo por su inocente afición a devorar huevos de araña?

—¡La naturaleza es más compleja de lo que pensamos! —gritó Sanguinus, saliéndose de sus casillas y yéndose un poco por las ramas.

No le sirvió de nada perder la compostura y finalmente conseguí llevar el agua a mi molino. La petición de Sanguinus fue rechazada por la mayoría absoluta de los congresistas y no obtuvo la dotación económica que solicitaba para financiar la expedición a las montañas Krakoveanas, de la que muy probablemente se habría quedado un buen porcentaje. Se levantó la sesión un poco más tarde de lo previsto y cada cual se fue por su lado. No olvidaré, sin embargo, la terrible mirada del profesor Sanguinus en el momento de la despedida.

—Posiblemente alguna de estas noches recibirá usted en su residencia la visita de mis hormiguitas —me dijo.

—Pueden venir a visitarme cuando gusten —le contesté, sin perder la sonrisa—. Las recibiré encantado.

Lo peor fue que Sanguinus, que conservaba todavía cierta influencia en los entresijos universitarios de Mortuoria, consiguió que para mi viaje de regreso a Bratinlova se me negase la magnífica diligencia que me había llevado hasta allí. No tuve pues más remedio que regresar a Bratinlova en un rudimentario carromato sin suspensión que me molió todos los huesos del cuerpo. Consiguió además que la ciudad de Predinsga, la de los suculentos quesos de bola, me negase el paso por su término municipal, obligándome a dar un largo rodeo de setenta leguas por la región de Vendt, infestada de lobos en esa época del año.

Por lo que respecta concretamente a las pretendidas hormigas vampiro, no las temo. No son posibles. No existen. Puede enviármelas cuando guste.

UN HOMBRE APEDAZADO

Frankenstein me compuso hace un par de años en un remoto laboratorio con la ayuda de unos cuantos rayos y a partir de tres o cuatro cadáveres que su ayudante robó en el cementerio.

Reconozco, pues, que soy un típico producto de laboratorio y que estoy apedazado por todas partes. Quienes se cruzan conmigo por la calle, sin embargo, no pueden sospecharlo, porque, a primera vista, parezco un hombre como cualquier otro.

«Nadie puede ver que eres un hombre hecho a trozos», me consuelo algunas veces, mirándome al espejo.

Tengo, a fin de cuentas, todo lo que hay que tener: una cabeza típica de braquicéfalo alpino, es decir, bastante circular (con los ejes transversal y longitudinal prácticamente iguales), dos ojos similares, aunque de distinto color, las orejas bastante despegadas del cráneo, dos cejas demasiado pobladas, una nariz tal vez demasiado grande, y así sucesivamente. Como todo el mundo, por lo tanto, aunque con ciertas particularidades por lo que respecta a los ojos, teniendo en cuenta que, como ya he dicho antes, son de color diferente, es decir, que el ojo derecho es verde y el izquierdo amarillo.

Por lo que se refiere a mi interior, supongo que tengo todo lo que hay que tener para que mi cuerpo funcione: un estómago, un hígado, intestinos y todo lo demás, aunque no sé si todas esas vísceras están bien colocadas, es decir, si el hígado está a mi derecha, el corazón a la izquierda, etcétera, tal como sucede en los hombres considerados normales.

De vez en cuando, amigos míos, me acerco a las niñas y pretendo acariciar sus cabellos de oro pero ellas llaman a sus madres y huyen.

NOSCE TE IPSUM

Estoy sentado junto a la ventana, bajo el cielo plomizo de Londres, dibujando corazones sobre los cristales empañados. Las nubes van y vienen, llueve suavemente y la gente camina encorvada bajo los paraguas.

¿Será cierto, me pregunto, que los corazones son astrólogos que nos dicen siempre la verdad y nos anticipan el futuro? ¿Son como vasos sagrados, que están también llenos de misterios?

Lo que voy a contarles ahora es muy simple, no tiene vuelta de hoja. Lo difícil es encontrar una sola razón que pueda explicar tanta locura.

Hace poco más de dos meses –fue, exactamente, un viernes, nueve de noviembre de 1888–, pasé todo el día en la cama, con la cabeza escondida debajo de la almohada, concibiendo las peores ideas. Luego, cuando se hizo de noche, salí de casa, fui directamente a Whitechapel y asesiné y descuarticé a una tal Mary Jane Nelly. Luego maté sucesivamente a Mary Anne Nichols, Annie Champman, Elizabeth Stride y Catherine Eddowes, todas en el mismo barrio de Whitechapel. Así se llamaban, según contaron luego todos los diarios de la ciudad.

Todas esas mujeres eran prostitutas. A una de ellas le arranqué un riñón, lo pasé por la plancha y me lo comí tan ricamente. El segundo riñón se lo envié por correo al mismísimo presidente del Comité de Vigilancia de Whitechapel y le prometí que más adelante le enviaría incluso el cuchillo ensangrentado con el que se lo había arrancado.

Tengo que decir que todos esos crímenes fueron verdaderas obras de arte. Tanto es así que ninguna de mis cinco víctimas ni siquiera tuvo tiempo de pedir auxilio. La muerte les llegó de pronto y durante los primeros días me sentí orgulloso de lo que había hecho. Luego empecé a ver las cosas de otro modo y llegaron las primeras preguntas: ¿Por qué maté a esas mujeres a las que ni siquiera conocía? ¿Por qué aquellas noches todo a mi alrededor se volvió de repente rojo? ¿Qué fuerzas demoníacas me convirtieron en el sádico que ahora teme todo Londres? ¿Y si, trastornado por la soledad, hubiese visto en esas cinco mujeres cinco amantes imposibles? ¿Y si me hubiesen parecido tan bellas e inaccesibles que decidí matarlas precisamente por eso? ¿Tienen razón quienes dicen que los hombres destruyen precisamente lo que más aman?

Voy enterándome del curso de las investigaciones, que se publica en todos los diarios. Los de Scotland Yard no son tontos y han descubierto algunas cosas. Durante estas semanas, por ejemplo, han llegado a la conclusión de que soy zurdo porque degollé a las cinco mujeres con un corte que iba de izquierda a derecha, ganando cada vez más en profundidad. Esa sería una buena explicación, pero lo cierto es que ni siquiera pueden estar completamente seguros de una cosa tan simple porque ¿y si para despistar a la policía y hacerles creer que soy zurdo, las hubiese degollado agarrando a mis víctimas por detrás?

Mejor sería que todos los investigadores (algunos los llaman ripperólogos) no se complicasen la vida con el tema de izquierdas y derechas, que tan caro ha costado y costará a muchos hombres. No tengo ningún inconveniente en admitir que, en efecto, soy zurdo y que el diablo se posa siempre sobre mi hombro izquierdo, pero no creo que esa circunstancia sirva para justificar los cinco crímenes y menos aún para explicar mi afición a coleccionar los úteros de mis víctimas. No creo que los zurdos sean tan peligrosos como ha supuesto siempre la gente. Mi padre –un hombre al que recuerdo sin el menor cariño– intentó inútilmente corregir lo que consideraba uno de mis peores defectos y durante meses anduve con el brazo izquierdo atado a la espalda, pero no creo que esa humillación me convirtiese en un hombre acomplejado que ahora se haya servido del crimen para compensar de algún modo su escasa autoestima.

Sé también por la prensa diaria que algunos detectives presumen de saber más cosas de mi persona. Estoy pensando, sobre todo, en John Grieve (excomisario jefe adjunto de Scotland Yard). Ese hombre se jacta de haberme hecho un retrato robot gracias a los testimonios de trece personas que, aseguran, me vieron rondar por las callejuelas de Whitechapel. Dice Grieve que seguramente soy un hombre de buena conducta y aspecto normal, con una capacidad innata para mezclarme con la multitud sin dar motivo de sospecha.

–Cabe incluso la posibilidad –declaró hace unos días Grieve a los periodistas– de que nuestro hombre haya sido interrogado por la policía. Y seguramente lo descartaron porque no encontraron ni en su persona ni en su rostro el menor rasgo del sádico que estamos buscando.

Lo siento por Grieve, pero en eso se equivoca, porque hasta el día de hoy no he caído en ninguna redada. Estuvieron cerca, pero en el último instante encontré el momento de escabullirme. Estoy seguro, además, de que habría superado sin problemas todos los interrogatorios y reconocimientos.

Mi aspecto es de lo más normal. Un par de ojos azules, tal vez demasiado separados de la base de la nariz, pero de mirada apacible. A ninguno de los policías se le habría ocurrido pasar el índice por debajo de mi frondosa cabellera en busca de esa pequeña sima, en la zona occipital, que emparenta a ciertos hombres con los grandes simios. No se habría fijado tampoco (simplemente, porque carezco de ellas) en mis poderosas órbitas superciliares, ni en mis grandes orejas en forma de asa. Es cierto que mis orejas son enormes, pero no tengo un pelo de tonto y he aprendido a sujetarlas discretamente al cráneo con una tirita de esparadrapo que oculto bajo el pelo. No creo que ninguno de esos toscos policías haya leído a Lombroso ni tenga la menor idea de su teoría del criminal nato.

Esperaré a ver qué van descubriendo durante los próximos días, pero no confío demasiado en el talento de esos sabuesos. Hacen lo que pueden, van dando palos de ciego, pero no creo que lleguen a identificarme.

Necesito, sin embargo, que encuentren respuestas válidas lo antes posible y digan cuál es mi verdadero lugar en este mundo.

¿Quién soy yo en realidad? ¿Qué clase de monstruo engendraron mis padres? ¿Fui tal vez concebido durante una noche de tormenta, como otros monstruos famosos? ¿Por qué he recuperado ahora la sensatez y me arrepiento de mis crímenes? ¿Significa eso que jamás volveré a empuñar el puñal asesino? ¿Estoy o no estoy sujeto a la maligna influencia de los ciclos lunares?

Necesito respuestas urgentes. Quiero saber quién soy. Dicen que, si consigo conocerme a mí mismo, podré conocer el universo y conocer también todos los dioses. Vale la pena esperar, aunque sé que ni siquiera los dioses nos dicen siempre la verdad.

ASPIRANTE A VAMPIRO

Desde que llegué a la pubertad –han pasado ya muchos años– he estado deseando mi nombramiento oficial de vampiro que concede, no sin dificultades, la Academia de No Muertos y Seres de Ultratumba, que tiene sus oficinas principales no demasiado lejos del lugar donde yo vivo, en la ciudad portuaria de F.

Al decir vampiro, obviamente, estoy pensando en los vampiros de antes, es decir, en los vampiros de toda la vida, con una mirada desesperada, un par de colmillos que montaban por encima del labio inferior y una gran capa negra que, en un momento determinado, se convertía en un par de alas con las que se escapaban volando hacia las almenas de sus castillos. Ni siquiera pienso en Nosferatu, aquel hombrecito de aspecto ratonil y larguísimas uñas que mordía a sus víctimas con los incisivos, sino a los vampiros que hemos visto siempre, gente incluso con aspecto distinguido y modales refinados que abominaban de los ajos y solo podían morir si les atravesaban el corazón con una afilada estaca de madera. Gente peligrosa, lo reconozco, pero con un extraordinario poder de seducción sobre los que todavía están vivos, sean hombres o mujeres.

Ustedes entienden seguramente a qué clase de vampiros me estoy refiriendo.

Todo hay que decirlo, mi obsesión por obtener ese nombramiento que debería permitirme incluir mi nombre en la relación oficial de vampiros urbanos no me viene de familia –que yo sepa, ninguno de mis progenitores practicó el vampirismo–, aunque también es cierto que mi madre trabajó treinta y dos años como ama de llaves en el castillo del conde Androv, desaparecido hace años, que tuvo merecida fama de nigromante y no muerto en toda la comarca y al que se le atribuyen muchos crímenes. Recuerdo que algunas noches, antes de dormir, mi madre me contaba curiosas historias de su señor y a través de sus palabras cualquiera podía adivinar la gran admiración que le profesaba.

Hace cinco días me personé, pues, en la Academia Oficial de los No Muertos convencido de que aquello iba a ser un simple trámite y que saldría de allí con el ansiado nombramiento en el bolsillo. Comparecí ante el Tribunal de la Comisión Investigadora –siete severos vampiros con mucha experiencia en su trabajo y fama de insobornables–, abrí la capa y les mostré mi cuerpo para que juzgasen por sí mismos.

–Aquí me tienen, señores, véanlo con sus propios ojos –les dije–. Hace solo una semana empezaron los primeros síntomas y hace cuatro días descubrí que no podía exponerme a la luz del sol sin sufrir lesiones en la piel. Fotosensibilidad pruriginosa, es evidente. Fíjense en este antebrazo, ahí lo tienen ustedes. Parecen simples quemaduras, es cierto, pero se trata de una verdadera destrucción celular. Tengo también cicatrices en todo el cuerpo, si me quito la camisa podrían verlas con sus propios ojos. Sé asimismo que no tardaré en perder los dedos, nariz y orejas. Lo he leído en internet. Acabaré perdiendo incluso el labio superior, y mis dientes, cuando queden al descubierto, parecerán todavía más grandes. ¿No son todas esas mutaciones prueba de que me estoy transformando en un verdadero vampiro?

—No se precipite y muéstrenos las palmas de las manos —me interrumpió severamente el vampiro que presidía la Comisión.

—Sí, sí, aquí las tienen ustedes, se trata de hirsutismo o hipertricosis, lo he leído también en internet. Pelos que crecen en las palmas de las manos. Otro detalle típico en los vampiros.

Les mostré las palmas de las manos y los miembros de la comisión no hicieron comentarios en voz alta, pero intercambiaron una mirada de inteligencia. Uno de ellos, que estaba sentado en un extremo, movió incluso varias veces la cabeza, sacando seguramente sus propias conclusiones.

—Mejor que en lo sucesivo no vuelva a hablarnos de internet —me advirtió—. Todos nosotros pensamos que ese engendro supone una excesiva democratización de la cultura, casi una grosería. Cualquier imbécil puede presumir, sin pasar por la escuela, de saber muchas cosas cuando en realidad no sabe nada de nada. Olvídese de internet y díganos si durante estos días ha sufrido dolores abdominales y vómitos.

—Pues sí —reconocí—, dolores abdominales bastante fuertes, y he sufrido también, dicho con perdón, un fuerte estreñimiento. Hubo una mañana, al despertarme, que llegué incluso a sufrir alucinaciones. Vi a mi madre, que falleció hace cinco años, entrando por la ventana del salón montada en una escoba.

—¿Qué tal el aspecto de su orina?

Me pareció otra pregunta grosera, inadecuada para un hombre con muchas posibilidades de ser nombrado oficialmente vampiro. Nadie puede imaginarse, por ejemplo, al aristocrático conde Drácula analizando por las mañanas el contenido de su orinal. Pese a todo, respondí que de unos días a esta parte mi orina era más oscura de lo normal y que se oscurecía todavía más si se exponía a la luz solar durante un par de horas.

Los vampiros intercambiaron otra mirada de inteligencia. El presidente se frotó incluso las manos.

—¿Convulsiones?

—Eso sí que no. Nada de convulsiones.

—Permítanos ahora que nos retiremos a deliberar —me dijo—. Cuestión de cinco minutos.

Se retiraron a una sala contigua y me quedé solo en el salón, justo debajo de una inmensa araña de cristal que en el momento menos pensado podía desplomarse sobre mi cabeza. A partir de aquel momento empecé a comprender que las cosas no iban a resultar tan fáciles y que aquel tribunal de siete vampiros podía acabar rechazando mi solicitud. Salieron por fin del cuarto de deliberaciones, lanzaron algunas tosecitas para darse importancia y ocuparon nuevamente sus puestos tras la gran mesa.

—Lo sentimos, pero lo suyo no tiene nada que ver con el vampirismo —sentenció el secretario, hablando, obviamente, en nombre de todos sus compañeros.

—No me hagan reír —protesté—. Seguramente ustedes no están hablando en serio. ¿Y las llagas de mi cuerpo? ¿Y mi hipertricosis y mi aversión invencible por los ajos? ¿No son pruebas concluyentes?

—Sepa, mi querido amigo —respondió el vampiro—, que tanto yo como mis colegas hemos valorado debidamente sus dolores abdominales, sus manifestaciones neurológicas y alucinaciones y, sobre todo, esa orina oscura que se oscurece todavía más cuando se expone a la luz del sol.

—¿Y mi aversión a los ajos?

—Puede ser consecuencia de su misma enfermedad. Los ajos contienen sustancias químicas que pueden provocar que el efecto de la luz sea más intenso y molesto.

—¿Pretenden decirme que no voy camino de convertirme en un vampiro y que mis problemas son exclusivamente humanos? ¿Se atreven ustedes a arruinar mi ilusión de tantos años?

—Así es. Su enfermedad es muy humana y se llama porfiria. La provocan ciertos compuestos químicos que se llaman porfirinas que se acumulan en la piel, en los huesos y en los dientes. La piel se recubre de ampollas y los huesos se corroen, pero nada de eso es consecuencia de un verdadero proceso vampírico. Nos duele darle ese diagnóstico, pero preferimos decirle la verdad y no andarnos con tapujos. No todo el mundo que lo desee puede convertirse en vampiro.

—No pienso quedarme cruzado de brazos —me rebelé, enrojeciendo de rabia—. Recurriré la decisión de esta comisión hasta donde sea preciso.

—Se lo explicaré de otro modo, señor mío: lo que usted padece es una crisis abdominopsiconeurológica, o dicho de un modo más simple, una crisis porfírica. Y habida cuenta que es tan aficionado a internet, puede que encuentre ahí algún remedio que le devuelva la salud. De todos modos, no se haga demasiadas ilusiones porque la porfiria no tiene cura. Lo único que puedo decirle es que si necesita analgésicos puede recurrir a las aspirinas y al paracetamol.

—Consultaré a los mejores médicos del país, no les quepa la menor duda —dije, apretando los puños.

—Tiene usted que aprender a resignarse —me aconsejó el vampiro secretario, con una sonrisa de circunstancias—. Tenga en cuenta que el hecho de que no sea un verdadero vampiro no le impide chupar la sangre a sus conciudadanos. Piense que en este país hay mucha gente que hace lo mismo y que no les va del todo mal. Lo que no debe hacer es justificar sus tropelías con su pretendida condición de vampiro, porque usted no pertenece a nuestro gremio.

Como pueden ustedes imaginarse, salí de la Academia de No Muertos completamente desmoralizado. Volví a casa, me senté en un sillón y estuve más de dos horas sin moverme, pensando qué era lo mejor que podía hacer en los años venideros, si dedicarme a chupar la sangre al prójimo, aunque fuese por libre, es decir, sin título oficial, o consagrarme a la vida contemplativa, sobrellevando mi dolorosa enfermedad con toda la paciencia del mundo.

Todavía no tengo muy claro cuál va a ser mi futuro.

EL VIEJO DRÁCULA

Soy de los que creen firmemente en los valores profundos de la amistad y están convencidos de que toda la grandeza del mundo no vale lo que un buen amigo. Dicho esto, que nadie se extrañe si les digo que tengo amigos de toda especie y condición.

—Vivir sin amigos no es vivir —repito muchas veces en voz alta, recordando al gran Cicerón.

El conde Drácula, por ejemplo, es uno de mis íntimos. Como suele decirse, un caballero sin tacha, aunque ya sé que hay gente que no piensa exactamente lo mismo. Lo conocí hace años, en uno de los grandes funerales que cada año se celebran en esta ciudad, y nuestra amistad ha ido afirmándose con el tiempo. Puede incluso que llegue el día en que, más que amigo, sea también su esclavo y que, como el propio Drácula, acabe plenamente integrado en el rito sagrado de la sangre.

—En el transporte de mi enorme mortificación —me dijo el otro día, acercando peligrosamente sus colmillos a mi yugular— presiento que pronto llegará el día en que yo viva en tu cálida vida y tú mueras dulcemente de la mía. Nadie podrá evitarlo. Y así como yo me acerco ahora a ti, tú te acercarás a otros y aprenderás el éxtasis de la crueldad, que es también una forma de amor.

Seguro que leyó esas hermosas palabras en algún libro del género, pero no por eso dejaron de impresionarme. Obviamente mi amigo no es el auténtico Príncipe de las Tinieblas, pero hace tantos años que representa su papel que ha terminado por creérselo a pies juntillas.

–Sí, sí, no es preciso que me lo recuerdes –me dijo el otro día, en una de nuestras reuniones nocturnas a la luz de la luna en el cementerio más viejo de la ciudad–. Reconozco que soy cruel, sádico, rebelde, violento, vengativo y, por si todo eso no fuese bastante, un rijoso de tomo y lomo. Pero lo cierto es que cuando la gente me ve en la pantalla, envuelto en mi majestuosa capa, hasta los espectadores más horteras se sienten liberados de extrañas y misteriosas tendencias. Me convierto entonces en una especie de psicoanalista que recibe de forma pasiva las descargas de todos los reprimidos que van a verme al cine.

–Lo que no acabo de entender –le dije– es por qué os repugna tanto el ajo.

–Eso no es cierto –me confesó, tras pensárselo un momento, seguramente en un momento de debilidad–, los ajos no nos repugnan. Piensa que el consumo de ajos impide la formación de coágulos en la sangre y protege a la gente de accidentes cardiovasculares.

–Ahora te entiendo –le dije–. A lo largo de los siglos habéis hecho correr el rumor de que el ajo os repugna para fomentar su consumo y asegurar que la sangre de vuestras víctimas fluya suavemente, sin interrupciones, como un exquisito e inagotable manantial de vida. La verdad es que sois más listos que el hambre.

GREGORIO, EL INSECTO

Llueve suavemente y el viento arranca las últimas hojas de los tilos. Estoy sentado en el gran sillón de orejeras, frente al gran espejo circular del salón. No hay nadie más en casa. Mi mujer se va por ahí de picos pardos y vuelve cuando le da la gana. No la necesito. He aprendido a dialogar conmigo mismo. Tengo un *alter ego* con el que cada día me paso horas hablando en voz alta, como si fuésemos dos personas distintas. Yo le pregunto cosas y él me las responde. O, al revés, él me pregunta cosas y soy yo quien se las responde. Casi siempre estamos de acuerdo, nunca discutimos. Al cuerno mi mujer, no la necesito.

Esta tarde he leído de un tirón *La metamorfosis* y me siento impresionado por la historia del infeliz Gregorio Samsa. Dejo ese admirable libro sobre la mesita de caoba, entorno los párpados y me quedo pensando en el infortunio de ese muchacho que tuvo la mala suerte de acabar su vida convertido en una especie de insecto. Eso es, por lo menos, lo que nos dice el traductor: «Después de un sueño intranquilo, Gregorio Samsa se encontró sobre su cama convertido en un monstruoso insecto.»

No lo puedo remediar, me siento emocionado por la abnegación demostrada por su hermana Greta durante los primeros días de la metamorfosis, y también por la consternación de sus padres, sobre todo, por el dolor de la amantísima madre.

En la novela, sin embargo, no se especifica si Gregorio se convirtió en un escarabajo o en una cucaracha.

«Muy bien –se dicen algunos lectores, que no se conforman con ambigüedades y quieren salir de dudas–, Gregorio se convirtió en un insecto, pero se conocen nada menos que setecientas mil especies distintas de insectos. ¿En cuál de ellas se transformó precisamente?»

Por los detalles que nos da el autor, parece que fue una cucaracha o incluso un escarabajo, aunque solo sea porque son los primeros que acuden a nuestra mente cuando se habla de insectos.

–Lo que sucede es que no es lo mismo ser una cucaracha que un escarabajo –puntualiza de pronto mi *alter ego*, desde el fondo del espejo–. No, no es lo mismo, aunque ambas criaturas sean artrópodos y pertenezcan a la clase de los insectos, que se caracterizan por tener el cuerpo dividido en cabeza, tórax y abdomen y estar provistos de un par de antenas y tres pares de patas.

–Pues mira, si no te importa –le digo al *alter ego*–, esta noche, mientras mi mujer me pone por esos mundos de Dios una cornamenta de aquí te espero, podemos intentar averiguar en qué clase de insecto se convirtió realmente Gregorio Samsa. Recojamos, para empezar, toda la información que se nos ofrece en el mismo relato. ¿Qué sabes tú de los insectos?

–Lo que aprendí en el colegio –me respondo a mí mismo, cambiando ligeramente de voz–. Me enseñaron que son artrópodos de respiración traqueal que tienen el cuerpo dividido en cabeza, tórax y abdomen, un par de antenas y tres pares de patas.

—Aquí se nos presenta el primer problema —observo—. En ningún pasaje del relato se dice que Gregorio, una vez transformado en insecto, tuviese un par de antenas y solo seis patas. Se especifica, por el contrario, que tenía innumerables patitas, cuando es obvio que los verdaderos insectos solamente tienen seis, es decir, son hexápodos.

Mi homo dúplex se queda un momento pensando. En estos momentos, no puedo ver su imagen reflejada en el espejo, pero sé que está ahí, justo detrás de mis espaldas.

—Cierto —admite por fin—, los verdaderos insectos son hexápodos, pero ¿es obligatorio que los insectos literarios coincidan con los insectos reales? ¿Deben ser idénticas las cucarachas que son fruto de nuestra imaginación con las que algunas noches de verano sorprendemos corriendo por el mármol de la cocina?

Cuando les dije al principio que estoy sentado frente a un espejo domesticado quise decir que se trata de un viejo espejo familiar que refleja de mi persona únicamente la imagen que yo deseo encontrar. No es, pues, como esos otros espejos que encuentro fuera de casa en los que me descubro de pronto envejecido, con el rostro agrietado por las arrugas, más calvo de lo que realmente soy y con cercos oscuros alrededor de los ojos.

—Sigamos adelante —continúo—. Vamos a analizar ahora los órganos de la visión, es decir, los ojos. Los insectos pueden tener ojos sencillos, pero también ojos compuestos. Los primeros se llaman ocelos y disponen de una sola córnea. Los ojos compuestos, en cambio, están formados por unidades receptivas que únicamente pueden distinguir entre la presencia y la ausencia de luz y solo en algunos casos los diferentes colores. Te lo explicaré de otro modo: la sensibilidad del ojo compuesto empieza en la franja ultravioleta hasta llegar al naranja, pero no puede distinguir el rojo del gris.

—Ya sé adónde quieres ir a parar —dice otro yo—. Lo que quieres decirme es que la vista de Gregorio se fue debilitando paulatinamente y al cabo de algunas semanas de estar encerrado en el cuarto ya no era capaz de distinguir la fachada del hospital que tenía al otro lado de la calle. ¿Me equivoco?

—Exacto. Y hacia el final del relato, cuando se asoma a la ventana de su cuarto solo puede distinguir formas borrosas. El cielo y la tierra se han convertido para el infeliz muchacho en una especie de desierto gris. Sin embargo, era capaz todavía de distinguir a su familia, sentada alrededor de la mesa del comedor. ¿Te parece que las cucarachas o los escarabajos pueden ver también a ocho o nueve metros de distancia?

El reloj de la catedral, que está a cien metros de casa, da las once de la noche, pero el reloj de bronce que tengo en el salón sigue marcando las diez. Ese es también un reloj extraño. Cuando llegan estas horas se le quitan las ganas de continuar latiendo, aunque me pase todo el santo día dándole cuerda.

—¿Te parece que las cucarachas o los escarabajos pueden ver desde tan lejos? —insisto.

—Pues, francamente, no lo sé. En todo caso, ya trataremos de averiguarlo más tarde. Dejemos la respuesta en suspenso y sigamos adelante. Me has dicho antes que en el cuerpo de los insectos se distinguen tres partes: cabeza, tórax y abdomen. Centrémonos ahora en la cabeza, ¿qué tienen los insectos en la cabeza?

—La cabeza de los insectos —le digo— está constituida por varios segmentos soldados entre sí y es portadora de las antenas. Yo diría que prácticamente todos los insectos carecen de cuello.

—Pues recuerda ahora que en un momento determinado Gregorio regresa con dificultades a su habitación y cuando llega al umbral vuelve la cabeza, aunque sea solo a medias (porque siente rigidez en el cuello) para ver qué ocurre detrás de él. ¿Puede acaso un insecto, pregunto, volver la cabeza, como si fuese un perro o una vaca, que disponen de verdaderos cuellos y no solamente de simples segmentos soldados sin solución de continuidad al tórax?

Ahora llueve con más fuerza, pero lo hace únicamente de arriba hacia abajo, como siempre, para que en todo caso se mojen únicamente los que están abajo. La lluvia es una buena excusa para que mi mujer pase toda la noche fuera de casa.

—Mira, déjalo correr —le pido a mi otro yo, súbitamente fatigado por tantas especulaciones—. Nos basta con saber que Gregorio Samsa se convirtió en un insecto, sea el que fuere. Eso es ya bastante castigo para cualquier hombre.

EL DETECTOR DE MARCIANOS

Me paso las horas muertas asomado a la ventana, vigilando a toda la gente –hombres y mujeres– que pasa por delante de la pensión. No se me escapa nadie. Pongo los cinco sentidos en mi trabajo, pero hasta ahora no he visto a nadie digno de especial mención. Vistos desde aquí arriba –estoy situado en un tercer piso–, todos me parecen iguales, como si hubiesen sido paridos por una misma madre. Todos andan de modo similar. Mueven los brazos de forma parecida, avanzan primero la pierna derecha, luego la izquierda, y así sucesivamente hasta que los pierdo de vista.

Sé muy bien, sin embargo, que en este pueblo pululan un montón de marcianos camuflados (casi todos disfrazados de pescadores), pero no consigo identificarlos. Todo se andará.

«Caerán en la trampa cuando menos lo espere», me digo, dándome ánimos.

Eso es, por lo menos, lo que esperan mis superiores: que identifique a todos esos fulanos antes de que acaben provocando la Tercera Guerra Mundial y que los conduzca maniatados hasta el cuartelillo de la Guardia Civil más próximo. Fui yo quien hace ya varias semanas se personó en la oficina principal de la Jefatura Nacional de Defensa Pasiva –que cae bastante cerca de mi casa, en la ciudad– y les pidió que me encomendasen esa misión.

–¿Cómo vamos a negárselo? –me dijo el policía que estaba montando guardia en la puerta.

Fui designado, pues, detector de marcianos, aunque el título no sea oficial, y espero no defraudar a nadie. Pongo en mi misión los cinco sentidos. Ayer me pasé siete horas en la ventana. He puesto una almohada sobre el alféizar para apoyar los brazos y no despellejarme los codos. De vez en cuando, sin embargo, me conviene estirar un poco las piernas. No puedo pasarme toda la vida asomado a la ventana. Quien mueve las piernas mueve también el corazón, y por el bien del mundo conviene que mi corazón se mueva todavía durante unos cuantos años más.

A las cinco de la tarde, salgo a la calle con la intención de dar una vuelta por el pueblo. Puede que, al doblar una esquina, me los encuentre de frente, así que llevo la mano derecha metida en el bolsillo del pantalón, con el índice extendido, como si fuese el cañón de una pistola. Subo por la calle que va a las afueras y me siento en el banco que está junto a la puerta del cementerio para ver si llega algún entierro. No lo puedo remediar, desde niño me fascinan los entierros y los funerales, tanto es así que más de una vez le pedí a mis padres que me metiesen en una fosa del cementerio y se olvidasen de mí durante un par o tres de horas.

Ahí dentro continúa el mismo ciprés del año pasado. Ese árbol tiene la forma de una llama, pero es mucho más grande y de color verde. Me gusta ver cómo se ondula suavemente sobre las tumbas apenas empieza a soplar el viento. Alguien me dijo que los difuntos se comunican con el cielo por medio de los cipreses. Parece ser que incluso se establece entre ellos y el cielo un sistema de preguntas y respuestas. Quienes preguntan, obviamente, son siempre los muertos, pero no siempre reciben las respuestas que están esperando. Así son las cosas, hay gente que cree en esas chorradas y no cree en la infinita maldad de los marcianos que nos están invadiendo.

Espero un rato, pero se está haciendo de noche y no llega ningún entierro, así que, justo en el momento en que me dispongo a marcharme, el cura del pueblo se asoma al balcón de la casa de enfrente y me pide que me quede donde estoy porque quiere decirme algo.

Vamos a ver qué quiere ese hombre. Es todavía joven, puede que no llegue a los treinta, y no tiene nada que ver con aquellos curas de antaño que vendían parcelas en el cielo a las viejas beatas a cambio de la salvación eterna. Puede que en el fondo sea igual, pero por lo menos no lo parece. El año pasado estuvimos hablando dos o tres veces. Le dije que vivía en la ciudad, que no tenía familia pero que, como dice el refrán, los bueyes sueltos bien se relamen. Le dije también que, antes de morir, mis padres me dejaron en la caja de ahorros del barrio una pequeña renta con la que voy tirando sin problemas.

—No crea usted que me chupo el dedo —le dije.

El cura sale de su casa y se sienta a mi lado. Me mira a los ojos y me dice dos cosas distintas:

Primera: Que se alegra de verme otra vez por el pueblo este año.

Segunda: Que le gustaría verme un domingo en la iglesia.

—Pues a lo mejor voy un día, aunque no sea domingo —le digo.

Y a continuación, aprovechando que lo tengo a mi lado, le pregunto si piensa que el violeta y el morado son exactamente el mismo color.

—Al fin y al cabo —le digo, para justificar mi pregunta—, nadie mejor que un cura para opinar sobre el color morado. ¿No es cierto que el morado es el color litúrgico del Adviento y que significa penitencia?

Le sorprende que sepa todas esas cosas y le digo que me enteré hace un par de semanas gracias a internet. Gracias al ordenador, hasta los más tontos pueden enterarse ahora de muchas cosas y disimular su ignorancia. Por poner un ejemplo ¿cómo podría saber, si no fuese por mi ordenador portátil, que la atmósfera de Marte es muy tenue, pero lo suficientemente densa para que haya vientos y tormentas de polvo que duran meses enteros y que obligan a los marcianos a caminar encorvados?

El cura se queda un momento pensando, me explica que el morado es un color que está entre el rojo y el púrpura, y otra vez se queda mirándome fijamente a los ojos, como si quisiese descubrir qué es exactamente lo que estoy pensando y por qué se me ocurren preguntas tan extrañas. Le digo que ayer me pareció que el mar –por lo menos el que está delante del pueblo– se está volviendo de color violeta.

–Eso puede ser grave –dice, sin dejar de mirarme a los ojos.

Se le escapa una sonrisa y me enseña el colmillo derecho. No es una prueba concluyente, pero ya no puedo descartar completamente la posibilidad de que, a pesar de su sagrado ministerio, pertenezca también al clan de los marcianos invasores. Me da un par de golpecitos en la cabeza con los nudillos. Dice que espera verme el domingo que viene en la iglesia y vuelve a meterse en su casa. No parece estar muy alegre. Un par de minutos después, se asoma a la ventana y al ver que continúo en el banco me hace desde arriba la señal de la cruz. Otra vez vuelve a sonreír y otra vez me enseña el colmillo.

Tendré que vigilar también de cerca a ese hombre por muy cura que sea, me propongo.

LA SONRISA DEL HOMBRE LOBO

Hace una semana traté de separar en plena calle a dos perros que se estaban destrozando a dentelladas. Uno de ellos me mordió en la mano y creo que ahora me estoy convirtiendo en lobo. La herida tiene cada vez peor aspecto, pero, paralelamente, mis sentidos se agudizan cada vez más y por momentos me siento más vigoroso. Puedo oír a distancia lo que cuchichean los vecinos y percibir el olor de sus cuerpos, lo cual, dicho sea de paso, no es precisamente agradable. Vamos a ver, pues, cómo evoluciona la herida. Estoy preparado para todo.

Continúo siendo un hombre de costumbres fijas y este verano he vuelto a pasar unos días de vacaciones en el pueblo de la costa donde ya estuve el año pasado. Me hospedo en la misma pensión y, si asomo la cabeza por la ventana y doblo el cuello hacia la izquierda, puedo ver el mar.

La patrona se llama Balbina, es muy gorda y tiene cuarenta años. Nos conocimos el año pasado y puedo decir que, si se lo propone, no es mala cocinera. Sus padres murieron hace un año y ahora es ella quien lleva el negocio. El verano pasado tuvimos un lío, ustedes ya me entienden, pero no me quedaron demasiadas ganas de repetir por muchas razones que no vienen ahora al caso.

En estos momentos son las nueve de la noche. Hace sesenta minutos eran solamente las ocho. El tiempo pasa volando. Bajo al comedor y me siento en la mesa que da al patio interior. Balbina dice que tenía ganas de verme. Lo que quiere decir, en realidad, es que tiene otra vez ganas de llevarme al huerto. Lleva puesta una blusa de color rojo con un escote de aquí te espero. No hay nadie más en el comedor, creo que soy el único huésped. Balbina se mete en la cocina y canturrea la misma copla que ya cantaba el año pasado: un jinete moreno cabalga bajo una luna de plata.

Tonterías, todos los que nos hemos tomado la molestia de consultar internet sabemos que la luna no es de plata. Lo que más abunda allá arriba son rocas que contienen hierro y titanio. Puede que haya otros minerales, pero ni pizca de plata, de eso estoy seguro.

Cuando vuelve al comedor, le pregunto de qué jinete está hablando y responde que ni lo sabe, ni le importa. Deja el plato con un par de huevos fritos encima de la mesa y se mete otra vez en la cocina dando un portazo. Es otra forma de decirme que está deseando que me la vuelva a follar. Cuando liquido los huevos subo a mi habitación y me meto en la cama. No tengo otra cosa que hacer. Este año han cambiado el somier y duermo de un tirón toda la noche.

Me despierto a las diez de la mañana, me asomo a la ventana y encuentro el cielo lleno de nubes negras que llegan sin parar desde las montañas del norte. Amenaza lluvia y el mar tiene un color azul tirando a violeta. Bajo al comedor y Balbina me sirve el café con leche demasiado frío, pero no protesto. Le digo que esta mañana el mar es de color violeta y se encoge de hombros. Seguramente piensa que son manías mías y que sigo siendo el maniático de siempre, que ve las cosas de diferente color que el resto de la gente.

Empieza a llover y se escucha incluso un trueno. Balbina me presta un paraguas, voy al bar de Lucas y, al cruzar la calle, meto el pie en un charco. Siempre me pasa lo mismo, meto el pie en todos los charcos que encuentro en el camino. Me siento en la terraza, bajo un toldo a franjas azules y verdes. Dos colores que detesto. Nicanor pasa por delante del bar y se acerca a saludarme. Dice, como Balbina, que se alegra de verme, pero tampoco estoy seguro de que diga lo que piensa. Tiene la misma cara de imbécil que tenía el verano pasado: no puede decirse que haya mejorado durante estos últimos doce meses. Se protege de la lluvia con un paraguas de lunares rojos. A poca gente se le ocurre comprarse un paraguas tan hortera. Nicanor también veranea en este pueblo. Le pregunto por su mujer y responde que se separaron hace cuatro meses.

—La muy guarra vive ahora con un turco —añade en voz baja.

No me parece correcto que se refiera a su mujer en esos términos. Nicanor es uno de esos hombres deslenguados, amigos de insultar a la gente. Si realmente acabo convertido en un hombre lobo, ese cretino será seguramente una de mis primeras víctimas. Dice que está pasando unos días en el pueblo con su hijo y que le devolverá el niño a su mujer después de las vacaciones. Le pregunto dónde está ahora su hijo y dice que en estos momentos está en el apartamento con su ordenador jugando a matar marcianos.

—Pues no dejes que los mate a todos —le digo.

Lo he dicho sin mala fe, pero se me pone un poco chulo y responde que su hijo tiene derecho a matar todos los marcianos que le dé la gana. Si le compró el ordenador fue precisamente para eso. Dice también que cualquier sistema es bueno para combatir a esos individuos. Tampoco me parece correcto que llame individuos a unos seres solo porque tienen la piel verde. Le recuerdo que soy de los que piensan que la mayoría de los marcianos son buena gente y que la guerra de los mundos se la inventaron cuatro listillos para asustar a la gente, vender más fusiles y ametralladoras y tenernos a todos metidos en un puño.

—Ya veo que sigues siendo el mismo de siempre —dice Nicanor.

Me mira directamente a los ojos, pero no añade nada más. Me gustaría saber qué es lo que está pensando. Dice que tiene que marcharse porque su hijo le está esperando.

—¿Qué te pasa en la mano? —me pregunta.

—Hace una semana me mordió un perro rabioso y creo que me estoy convirtiendo en un hombre lobo —le digo.

—Ja, ja —se ríe—. Eso es lo único que te faltaba.

Me saluda como si fuese un soldado raso y yo un general y se va calle arriba con el paraguas de lunares rojos.

Lucas, el camarero, me vigila desde el otro lado de la terraza. Le pido un café con leche y le pregunto si también él es de los que piensan que los marcianos son una amenaza para la humanidad. Responde que en este pueblo, por lo menos, no hay muchos marcianos.

—Por lo menos, no se los ve por las calles —dice.

Se mete en el bar y cuando vuelve con el café con leche, le digo que me fastidiaría que también él fuese otro de esos listillos que no creen en los platillos volantes.

—El único platillo volante que funciona de verdad es este —dice, agarrándose las pelotas con la mano derecha.

Y suelta una carcajada. Se ríe poco más o menos como Nicanor, apoyando las carcajadas sobre la vocal i, que es una letra escuchimizada y sospechosa. No necesito más motivos para incluirlo en la lista de mis futuras víctimas. Le digo que no está bien que se tome esas confianzas con los clientes, por mucho que los conozca, y que, además, no me gustan los fulanos que se las dan de graciosos. Todo eso se lo suelto mirándolo directamente a los ojos, sin pestañear, y no se atreve a replicar.

Desde donde estoy sentado puedo ver el mar, que sigue con su color azul tirando a violeta, y al decir violeta me refiero a ese conjunto de colores, entre azules y rojizos. Puede que la culpa la tenga alguna mancha de petróleo que se acerca poco a poco a la costa empujada por la corriente. De un tiempo a esta parte, la gente tira petróleo por todas partes.

Suenan las doce en el campanario de la iglesia, que está en lo más alto del pueblo, con todas las casas apretadas a su alrededor. Acabo el café con leche, le digo adiós a Lucas con el puño en alto (siempre saludo de ese modo, como si fuese comunista), vuelvo a la pensión y lo primero que hago es quitarme los zapatos y los calcetines. Luego me ducho y me meto otra vez en la cama, que todavía está sin hacer, y duermo hasta las tres de la tarde.

A las dos y media, bajo al comedor y le digo a Balbina que tengo hambre, seguramente porque esta mañana, al salir a la calle, metí el pie izquierdo en un charco y me entró agua en el zapato. Balbina no me pregunta qué tiene que ver una cosa con otra. Me conoce y sabe que a veces soy aficionado a decir lo primero que se me ocurre. Se queda mirándome a los ojos y su mirada se va encendiendo poco a poco. Puede que esté recordando la noche que nos metimos en la cama y rompimos el somier con el traqueteo, pero también puede ser que esté pensando en otras cosas que no tengan nada que ver conmigo. No es fácil descubrir qué es lo que pasa por la cabeza de las mujeres cuando están calladas y te miran a los ojos sin pestañear.

Continúo siendo el único huésped de la pensión. Este año los turistas se retrasan, pero cualquier día de estos se presentarán de golpe y me volverán loco con sus *yes yes* y sus *oui oui*. Puede que, si ya me he convertido en lobo, les muerda a todos. Balbina entra en la cocina y se pasa un buen rato abriendo y cerrando las cazuelas. Disfruta haciendo ruido. Es una forma de decir: aquí estoy yo. Otra vez tararea la copla del jinete moreno cabalgando bajo la luna de plata, pero ahora precisa que el jinete lleva un clavel rojo detrás de la oreja.

Cuando sale de la cocina, me deja encima de la mesa un plato de macarrones con tomate y atún gratinados al microondas. Le recuerdo que no me gustan los macarrones.

–Vaya por Dios –suspira.

Se mete otra vez en la cocina, se le cae una cazuela al suelo (creo que la ha tirado a propósito), y enseguida vuelve con un par de rodajas de merluza y una patata hervida.

–Tampoco me gusta la merluza congelada –le digo.

Y luego le pregunto cuál puede ser el pecado de una pobre merluza para que la congelen. Balbina se encoge de hombros y responde que no tiene la culpa de lo que los demás hagan con las merluzas. Cada mañana, cuando va al supermercado, encuentra las rodajas de merluza en el frigorífico, metidas en una caja de cartón.

–Ahí están las pobres, sin decir ni pío –dice.

Me anticipa que mañana hará albóndigas con tomate. Me guiña el ojo, porque recuerda que me pirro por las albóndigas. Lo que no sabe es que tal vez mañana ya no pueda soportar la comida de los hombres. Se sienta a mi lado y, como no tiene nada que hacer, me pide que le cuente cosas de la ciudad, las que yo quiera. Le digo que la ciudad es demasiado grande y que me gustaría vivir en un poblado indio perdido entre las montañas, en uno de esos lugares donde por las noches puede verse el ir y venir de las estrellas.

–Además –le digo por fin–, hace unos días me mordió un perro y creo que ahora me estoy convirtiendo en hombre lobo. Te lo digo para que tomes tus precauciones.

Balbina tiene el tabique nasal desviado y le cuesta trabajo respirar por la nariz. Eso debe de ser por culpa de la grasa. Tampoco toma en serio lo del lobo. Dice que si no encuentro un poblado indio podría vivir en este pueblo, que tampoco es grande y está rodeado de montañas menos por la parte que da al mar. Me propone incluso, mientras se arregla el sujetador y mueve un poco las tetas, instalarme en la pensión a mitad de precio.

—Que te den morcilla —le digo, para que no se haga ilusiones.

Subo a mi cuarto y me tumbo encima de la cama con las piernas abiertas y los brazos en cruz. Me quedo dormido y me despierto al cabo de un par de horas. Mis siestas siempre son largas. Continúa lloviendo, así que me pasaré la tarde escribiendo cartas a personas que hace años que no veo para contarles lo de la mordedura.

Cuando bajo al comedor, encuentro a Balbina fregando el suelo. Quiere pegar la hebra, pero la dejo con la palabra en la boca y salgo a la calle. En el bar de Lucas no encuentro ni un solo cliente. Con este tiempo la gente prefiere quedarse en casa viendo la televisión o haciendo cosas todavía peores. Al cabo de cinco minutos, llega una pareja de turistas y se sientan dos mesas más allá. Creo que son ingleses. La mujer se lamenta de la lluvia. Lo dice en inglés, pero se le entiende todo.

—*Wau wau wjesalg hard disk* —protesta, levantando la mirada al cielo.

No me parece justo que una inglesa se queje del tiempo que hace en otros países. Esa mujer, además, debería tener en cuenta que la misma lluvia que arruina nuestras vacaciones les viene de perlas a las ranas e incluso a los caracoles. También los caracoles tienen derecho a ser felices.

—*Wau wau wjesalg hard disk* —dice otra vez.

Y se atreve incluso a mirarme a los ojos, como si yo tuviese la culpa del mal tiempo. Se gana, pues, el derecho a que la incluya entre mis futuras víctimas.

«A esa vieja la morderé en la carótida», pienso.

Cuando se marchan los ingleses, Lucas, el camarero chungón, se lamenta también del mal tiempo, pero dice que, puesto a elegir, prefiere la lluvia al viento. Aprovecho la ocasión para decirle que habría podido elegir otros colores más alegres para el toldo y replica diciéndome que es preferible un toldo triste que resista la lluvia a otro de colores más alegres pero con goteras. Luego me dice que los viejos del pueblo le han dicho que continuará lloviendo hasta que empiece a soplar el viento del norte, pero que ese viento que llega desde las montañas no es ya el mismo de hace años. Antes de la guerra, soplaba con tanta fuerza que se metía por debajo de las sayas de las viejas, las hinchaba como si fuesen globos y se las llevaba volando mar adentro.

Me está tomando el pelo. Le pregunto de qué guerra está hablando y responde que tal vez se trata de la guerra de Cuba, pero que tampoco está seguro porque últimamente han estallado en este en país demasiadas guerras y revoluciones.

—A lo mejor se refieren a la guerra de la Independencia —le digo.

Lo dejo pasando un paño húmedo por encima de las mesas, vuelvo a la pensión y al cruzar la calle estoy a punto de meter el pie en el mismo charco. Me siento a la mesa que está más cerca de la cocina y Balbina me sirve las albóndigas que me prometió ayer, pero en estos momentos lo único que me apetece es un buen trozo de carne cruda.

«Creo que está empezando mi metamorfosis», pienso.

Vamos a ver cómo se me ponen los huevos con el cambio.

Los colmillos continúan todavía como siempre.

—Cómete esas albóndigas antes de que se enfríen —me pide Balbina.

Le digo que ya no me apetecen y aparto el plato. Lo hago con toda la delicadeza del mundo, pero Balbina lo interpreta como un desaire. No hace comentarios, pero creo que está a punto de echarse a llorar. No le pido disculpas; en estos momentos tengo cosas más graves de las que preocuparme. Me parece que han empezado a crecerme los primeros pelos en la palma de las manos. Eso no se ve en las películas, pero es lo primero que les pasa a los hombres que se convierten en lobos.

—¿Qué hago ahora con las albóndigas? —me pregunta Balbina.

No le contesto. Que haga lo que le dé la gana. Subo a mi cuarto y cierro la puerta con llave. Me asomo a la ventana y estoy un buen rato viendo el ir y venir de las nubes. El sol se hunde tras las montañas y el mar resopla suavemente a lo lejos. Cada vez lo veo más violeta, que es el símbolo de la muerte. Me siento en el borde de la cama y cierro los ojos. Cuando vuelvo a abrirlos, la herida de la mano se ha extendido ya por todo el antebrazo. Tengo la boca reseca, me sube la fiebre y me da la sensación de que me va a estallar la cabeza. Me miro en el espejo del armario y ya no me reconozco.

«Seguro que ahora me habrán crecido también las pelotas», pienso, burlándome un poco de mí mismo.

Esa posibilidad, de todas formas, no me sirve de consuelo. Me tumbo en la cama, me sube todavía más la fiebre y empiezo a delirar. Llegan las primeras convulsiones y las baldosas blancas y negras de la habitación empiezan a dar vueltas a mi alrededor. Suelto el primer aullido y Balbina comprende por fin que la cosa va en serio. Ahora la tengo al otro lado de la puerta.

—¡Hazme otra vez tuya! —gime.

Todavía no ha llegado el momento de dejarla entrar. No está de más hacerla sufrir un poco. Faltan todavía diez minutos para que suenen las doce campanadas de medianoche. Entonces le abriré la puerta de par en par y se encontrará por fin con un amante feroz, que al fin y al cabo es lo que prefieren muchas mujeres, aunque les cueste trabajo admitirlo.

ESCUELA DE VAMPIROS

Nueve de agosto. Mañana se celebra San Lorenzo, que es precisamente la fiesta de mi pueblo. Los mozos se ponen un ramito de albahaca detrás de la oreja y todo el mundo canta lo mismo: al sol lo llaman Lorenzo y a la luna Catalina. Yo, sin embargo, me llamo Felipe M., he cumplido los cuarenta y cinco años y hace tres días que estoy instalado en este pequeño pueblo de montaña porque alguien –un cliente de la barbería de mi barrio, Demetrio Sandoval, que tiene fama de ser un hombre sensato y cabal– me convenció de que precisamente en este pueblo se reúnen cada año los más importantes vampiros del mundo para intercambiar conocimientos y experiencias recíprocas y trazar las directrices para todo el colectivo de vampiros.

–De hecho, durante el mes de agosto, este pueblo se convierte durante unos días en una especie de universidad de verano donde se conceden títulos y diplomas a todos los no muertos que se lo merecen.

–Lo que ahora falta por saber es si tú puedes considerarte también un no muerto –me dijo el referido Demetrio Sandoval, dándome un par de palmaditas en la espalda.

Aquí estoy, pues, hospedado en la pensión del pueblo, esperando que alguien autorizado certifique mi condición de joven vampiro que, aunque carece todavía de experiencia, está dispuesto a someterse a todas las pruebas y exámenes que le exijan con tal de conseguir ese reconocimiento y regresar a la ciudad con el título en el bolsillo. Ya sé que podría ejercer la profesión por libre, es decir, sin título oficial, pero prefiero, si es posible, ampararme en un título oficial y evitar que algún colega envidioso pueda acusarme de intrusismo.

Si me pongo la mano en el corazón, de todas formas, debo reconocer que tal vez no tenga derecho a aspirar a convertirme en un verdadero vampiro. Tengo, en efecto, mis dudas. Puede que no reúna todas las condiciones objetivas exigibles en un aspirante a que lo declaren no muerto. Quiero ser vampiro, en efecto, esa es mi gran vocación –sobre todo habida cuenta de como está actualmente el mercado de trabajo en este país–, pero algunas veces me pregunto si realmente puedo aspirar a ese reconocimiento.

Trataré de explicarme: hace algunos años dejé de trabajar en una multinacional dedicada a la fabricación y distribución de sillones giratorios y desde entonces vivo en una situación parecida a una jubilación anticipada. Lo confieso sin avergonzarme. Hace dos años, los de la Seguridad Social me concedieron una incapacidad temporal y hace seis meses me firmaron la definitiva. No voy a decirles por qué lo hicieron, supongo que tuvieron sus razones. Tal vez, como piensan algunos, me falten un par de tornillos, pero esa posibilidad no me preocupa en absoluto. Al fin y al cabo, ¿quién puede presumir, en este mundo de hoy, de que los conserva todos? Eso significa, de cualquier forma, que cada mes cobro una pensión más justa que la piel de la nariz, pero que me permite ir tirando con la ayuda de la pensión vitalicia que me dejó mi padre en la caja de ahorros del barrio. De todas formas, me quedan todavía muchos años de vida –eso es, por lo menos, lo que espero–, y no está de más que me preocupe por asegurar para mi vejez una fuente alternativa de ingresos, como puede ser la que en su momento me conceda el gremio de vampiros.

–¡No veas tú lo bien que viven los vampiros jubilados! –me dijo hace unos días don Demetrio, en la tertulia de la barbería.

Vuelvo a repetirles, sin embargo, que tengo mis dudas de que reúna en mi persona todos los requisitos objetivos para aspirar a ese título oficial de vampiro. Es cierto que, desde que los de la Seguridad Social me declararon incapaz y la multinacional me puso de patitas en la calle, me han ido creciendo los colmillos y los ojos se me han puesto incluso un poco rojos, sobre todo el izquierdo, pero eso no significa necesariamente que me esté transformando en un verdadero vampiro.

Me contemplo en el espejo y saco mis propias conclusiones. Los colmillos me han crecido notablemente y mi ojo izquierdo se ha vuelto rojo, cuando su color normal es negro, pero soy un hombre prudente y no puedo fiarme de lo que diga el espejo, aunque sea el de mi habitación, en el que llevo mirándome más de treinta años. Los espejos son instrumentos que nos permiten pasar al otro lado, eso es cierto, pero no son los grandes maestros, capaces de crearlo todo. Por el contrario, son generadores de engaños y creadores de imágenes falsas que tratan de hacernos creer que lo que nos muestran *es* la verdad, cuando lo cierto es que es el reflejo de la verdad, que no es lo mismo.

Lo diré con otras palabras: si yo levanto el brazo izquierdo, el individuo que veo reflejado en el espejo, y que se supone que soy yo, levanta el brazo derecho. Me peino con la raya a la derecha, pero en el espejo esa misma raya está a la izquierda. ¿No será pues el ojo derecho, y no el izquierdo el que se me pone rojo? ¿Tiene ese detalle el mismo significado, de cara a mi conversión en vampiro? ¿Tiene razón don Demetrio cuando sostiene que en los verdaderos aspirantes a vampiro tiene que ser el ojo izquierdo el que se ponga rojo y que no significa nada que enrojezca únicamente el derecho? ¿Cuál es, en definitiva, mi ojo derecho? ¿Es el que tengo a la derecha de la nariz, pero a este lado del espejo? ¿El que se refleja en el espejo?

Más dudas: ¿y si ese ojo sangriento, el izquierdo o el derecho, fuese únicamente consecuencia de una simple conjuntivitis?

Hay además otra pregunta que genera una duda todavía mayor: ¿cómo es que mi cuerpo pecador se refleja en los espejos? ¿No dicen que los verdaderos vampiros, es decir, los vampiros clásicos, al carecer de alma, no pueden verse? ¿Pertenezco o, mejor dicho, perteneceré cuando llegue el día a una nueva especie de no muertos que han superado ya esa servidumbre?

Todavía más preguntas: ¿cómo puedo resistir sin problemas la luz del sol? ¿Soy acaso un nuevo Nosferatu, que la soportaba también sin problemas, aunque la aborreciese?

Por lo que respecta a los colmillos, es cierto que han crecido, de hecho no falta mucho para que asomen por encima del labio inferior, pero eso tampoco significa nada definitivo, porque algunos que entienden de estas cosas dicen que los colmillos, aunque desde hace muchos años forman parte inseparable de la iconografía vampírica, no dejan de ser una invención tardía y puramente literaria. Los modernos vampirólogos aseguran incluso que son inadecuados para realizar con eficacia la función que normalmente se les atribuye.

–Eso es cierto –me dijo don Demetrio hace unos días, en la tertulia de la barbería–. En realidad, los vampiros se alimentan gracias a una especie de aguijón que tienen debajo de la lengua.

Y para convencerse de que yo también estaba en posesión de ese aguijón me hizo sacar un palmo de lengua.

—Seguro que tarde o temprano acaba creciéndote —me dijo.

Algunas veces pienso que don Demetrio tiene un interés especial por verme convertido en un no muerto.

«Pues, mira, no te des tanta importancia pensando que eres un vampiro —me digo algunas veces burlándome de mí mismo—. Tienes un ojo rojo y el otro más bien tirando a verde, es cierto, así que si tuvieses un tercer ojo amarillo podrías ser ese hombre semáforo por el que suspiran tantos ayuntamientos. Pero de eso a ser un verdadero vampiro hay un trecho.»

Por lo que respecta a mi afición por los ajos, tengo también algunas dudas al respecto. Siempre se ha hecho creer a la gente que el ajo repugna a los vampiros. Ahí tenemos el ejemplo tantas veces repetido: la doncella, antes de meterse en la cama, se coloca una ristra de ajos alrededor del cuello y el vampiro, que aguardaba impaciente tras la ventana, se desespera y da marcha atrás. No tiene más remedio, para castigar su exuberancia que hacerse una miserable paja con más o menos disimulo.

A excepción del detalle de la paja, que se corta por una cuestión de censura, hemos visto esa escena repetida mil veces en el cine. Pero ¿y si lo del collar de ajos no fuese del todo cierto? ¿Y si el ajo no fuese un amuleto tan eficaz como se ha creído siempre? ¿Y si hubiesen sido los mismos vampiros quienes hace mil años hicieron correr entre los campesinos de Transilvania la creencia de que el ajo los protegía contra los no muertos? ¿Acaso esa poderosa liliácea no asegura a los vampiros que la sangre de los ingenuos labriegos —incluso la de los terratenientes y aristócratas— fluya suavemente, sin coágulos, convirtiéndose en un exquisito e inagotable manantial de vida?

El hecho de que me gusten los guisos de ajo no me descarta como aspirante a vampiro. Lo piensa también don Demetrio.

—Los ajos gustan a todo el mundo, sean o no vampiros —me dijo el otro día, dándose una palmadita en el estómago.

Pero si pienso en la masturbación a la que recurren los vampiros frustrados, las cosas no están tan claras. Hace años que no me masturbo. Nunca he sido partidario de ese discutible homenaje que algunos hombres se hacen a sí mismos y con el que, por decirlo de algún modo, castigan su exuberancia. Ese podría ser, por lo tanto, otro de los requisitos que me faltan para presentar con ciertas garantías de éxito mi candidatura al título oficial de vampiro.

¿Quién me asegura, sin embargo, que los no muertos practican realmente el onanismo cuando no pueden acceder, sea por los motivos que sea, a la yugular de sus adorables víctimas? ¿Cómo concebir que esos elegantes caballeros vestidos de negro, con capa, chistera y bastón, hacen esas porquerías como cualquier hijo de vecino?

—Pues yo te aseguro que lo hacen, Felipe —me dijo don Demetrio, la primera vez que le planteé esa pregunta—. Y se lo pasan bomba.

Y me recordó que los vampiros (aparte de que ya no visten siempre de negro) nunca sacian su apetito sexual, porque simbolizan la eterna e infructuosa búsqueda de la plenitud y no tienen más remedio que arrearse al mango cuando les falla todo lo demás.

—Ahí tienes, por lo menos, a los vampiros de Baviera —me explicó a continuación—, que se masturban incluso sin necesidad de salir del ataúd y que, una vez conseguida la erección, no tienen ningún inconveniente en devorar su propio pito.

Y a continuación, como si quisiese apabullarme con sus conocimientos, me dijo, saliéndose un poco del tema, que la colocación de las ristras de ajos en los hogares de los labriegos nunca es arbitraria y que corre a cargo de la mujer más anciana de la familia pero todavía en edad fértil, mientras esté menstruando, y que, de hecho, cuando varias mujeres fértiles conviven en el mismo hogar sus ciclos menstruales tienden a unificarse.

Cosas muy extrañas que, desde luego, yo nunca había oído antes y que demuestran que en la ciudad no hay muchas personas que sepan tantas cosas de vampiros como él. Don Demetrio ha trabajado toda su vida en la Delegación de Hacienda y durante su vida laboral tuvo mucho tiempo libre para aprender cosas que no tenían nada que ver con el asunto de los impuestos y de cómo sacar el dinero a los ciudadanos.

En fin, lo cierto es que continúo entre esas montañas y que cada día me paso las horas muertas sentado en un banco de la plaza mayor, esperando a que alguno de los misteriosos y elegantes caballeros que pasan por delante y que asisten a este Congreso de Vampirología (porque eso es lo que se está celebrando en este pueblo) se fije en mí y me diga:

–Mi querido señor, sabemos que tiene usted algunos problemas de identidad, pero no se preocupe, venga conmigo y le presentaré a mis colegas, a ver si entre todos le sacamos de dudas. Si realmente supera el examen previo, lo matricularemos en nuestro máster especial y antes de quince días se convertirá usted en ese nuevo vampiro que estamos necesitando. Piense que en este mundo hay miles de hermosas doncellas que están esperándole con sus yugulares a punto.

EL BARCO VAMPIRO

Diez de la mañana. Me he pasado la noche dando vueltas en la cama. No sé cómo acabará la cosa, pero si es verdad que los hombres necesitan dormir cada noche siete u ocho horas, lo tengo bastante crudo, porque desde que llegué a este pueblo no duermo más de tres o cuatro horas diarias. No me cuesta conciliar el sueño, es cierto, me quedo roque apenas me tumbo en el colchón, pero enseguida me despierto con los ojos como platos, y a partir de ese momento empiezan los problemas de insomnio. Puede que acabe con un cortocircuito cerebral, aunque no faltan algunos maliciosos que van por ahí diciendo que sufrí ese cortocircuito hace años, en una época, por cierto, en la que dormía quince o dieciséis horas diarias.

En fin, estoy convencido de que antes o después encontraré el somnífero adecuado. No hay mal que cien años dure. Ahora son en realidad las once de la mañana, no las diez. De vez en cuando me equivoco al leer la hora, es decir, sitúo donde no debo la posición de las saetas. Vamos a ver qué tiempo hace hoy, aunque no me hago muchas ilusiones al respecto. Abro la ventana de par en par y me encuentro un cielo amarillo que no presagia nada bueno. El azul del firmamento empieza a ser únicamente un recuerdo. Al mal tiempo, sin embargo, buena cara.

—*O, sole mio* —empiezo a cantar.

Hace años alguien llamó al sol primer magistrado de la naturaleza. Desde hace ya una semana, por lo tanto, vivimos sin magistrado. Podríamos decir incluso, exagerando un poco las cosas, que vivimos en plena anarquía. Bajo al comedor y Justina me recibe con la cafetera en la mano y una mirada ardiente. Me da los buenos días y me cuenta que esta madrugada embarrancó una barca de pesca en una cala de los alrededores del pueblo y que la gente no se pone de acuerdo. Unos dicen que fue por culpa de la niebla y otros que fue por culpa del patrón, que estaba borracho.

—Cualquier excusa es buena para discutir —le digo.

Acabo el café con leche y suelto un pedo que debe oírse en China. Justina, a pesar de todo, se sienta a la mesa vecina y resopla por la nariz. Son ahora las once y media. El tiempo pasa volando. Salgo a la calle y levanto la mirada al firmamento. El cielo no cambia de color. De amarillo limón ha pasado a un amarillo anaranjado. Esta mañana, en lugar de sentarme en la terraza del bar de Antón, donde he instalado mi cuartel general, voy directamente a la cala en cuestión para ver qué es lo que pasa. No está demasiado lejos, cuestión de diez minutos andando a buen paso. Hay mucha gente del pueblo que tampoco quiere perderse el espectáculo. No todos los días encallan barcas de pesca a la vista de todo el mundo. Descubro entre los curiosos a los cuatro suecos que llegaron ayer a la pensión y, desde luego, a la pareja de italianos, que están en primera fila. No veo, sin embargo, a los chicos ingleses. Supongo que están durmiendo todavía la borrachera de ayer noche.

Un remolcador de color azul turquesa intenta sacar la barca embarrancada del atolladero en el que se ha metido. Es la primera vez en mi vida que veo un remolcador pintado de ese color. Todos los que he visto hasta ahora eran de color butano. De todas formas, parece que no lo tiene fácil. Lo intenta varias veces y no lo consigue. Los pescadores gritan, algunos incluso se insultan y no llegan a las manos porque las tienen ocupadas haciendo otras cosas. Con mi catalejo puedo verlo todo perfectamente. Por fin el remolcador se lleva la barca atada de un cable. Los italianos aplauden como si estuviesen en la ópera. Se los ve emocionados. Estoy seguro de que en el fondo son buenas personas que se preocupan por la suerte de los pescadores.

Sin embargo, nadie repara en el rostro azul turquesa de los marineros del remolcador. Eso solamente puedo verlo yo, gracias a mi catalejo.

La tripulación de ese remolcador no es humana. Doy la voz de alarma, pero nadie me hace caso. Algunos se me ríen en las narices. No es la primera vez que me sucede algo parecido. El remolcador arrastra la barca hacia la perdición –seguramente hacia el gran remolino que se lo traga todo–, pero los infelices pescadores, que no se han dado cuenta de nada, cantan a coro en la cubierta alegres canciones de amor. Se acompañan incluso con un viejo acordeón. Cuando quieran reaccionar, ya será tarde.

No vale la pena, pues, que siga gritando. El remolcador y la barca son ya un punto en la lejanía. La gente regresa al pueblo comentando en voz alta lo que ha visto. No les ha defraudado el espectáculo. Desde la playa, nadie pudo ver el rostro azul turquesa de los tripulantes del remolcador ni sus aviesas sonrisas, llenas de afilados dientes. La pareja de italianos vuelve también a la pensión. Los dos, hombre y mujer, caminan cogidos del brazo, con la mirada al frente, sin mover la cabeza, y llevan el mismo paso, es decir, cuando el marido adelanta la pierna derecha, su mujer adelanta también al mismo tiempo su pierna derecha, y además con un paso de la misma longitud. Seguramente lo hacen para demostrar a todo el mundo (y también para demostrarse ellos mismos) que son un matrimonio bien avenido y que lo que piensa el uno lo piensa también el otro.

El remolcador y la barca, mientras tanto, han desaparecido en el horizonte. Ahora no puedo verlos ni siquiera con el catalejo. Todo se ha consumado.

–*O, sole mio!* –canta a lo lejos el italiano orgulloso de su voz de tenorino.

EL QUINTACOLUMNISTA

El mismo día que cumplió los treinta y cinco años Edelmiro K. (al que, como suele decirse familiarmente, le faltaban por lo menos un par de tornillos) se cansó de verse tan feo en todos los espejos en los que se contemplaba y decidió hacerse pasar por marciano.

—Es mucho mejor que la gente del pueblo piense que soy un alienígena —se dijo—. De ese modo, nadie se burlará de mis padres (fallecidos hace ya tres años, durante la epidemia de gripe) ni se reirá de ellos por haber engendrado un monstruo.

En cierto modo, su decisión de autoproclamarse marciano fue una emocionante muestra de amor filial. El razonamiento de Edelmiro fue, más o menos, el siguiente:

Primero: Todos los alienígenas tienen fama de ser muy feos, o, cuando menos, bastante raros. La gente que los ve (o por lo menos se los imagina) con dos cabezas, o tres ojos, no se sorprenden excesivamente y siguen con sus cosas.

Segundo: Creo que yo no llego a ser tan extraño como un marciano, porque solamente tengo un cabeza y un par de ojos, pero es evidente que mi cabeza es demasiado grande y mis ojos, por el contrario, demasiado pequeños, apenas dos estrechas ranuras situadas, por cierto, demasiado lejos de la nariz.

Tercero: Convenceré a la gente del pueblo de que no fui engendrado por mis padres.

Cuarto: Seguramente –se dirá todo el mundo una vez que los haya convencido– sus falsos padres encontraron a ese niño en las afueras del pueblo y decidieron adoptarlo, sin reparar en lo feo que era.

Lo más probable, se dirán también, es que esa infeliz criatura fuese arrojada desde algún planeta por sus verdaderos padres.

Quinto: Seguro que cuando comprendan que mi fealdad no es de este mundo nadie del pueblo se atreverá ya a llamarme cabezón.

Más o menos las cosas sucedieron de ese modo. Todos los del pueblo, que tenían fama en la comarca de no ser demasiado listos, acabaron aceptando que Edelmiro era un marciano. Lo malo es que cuando estalló la temida guerra estelar (anunciada hacía ya algunos años por los astrólogos más agoreros del país) encerraron a Edelmiro en la cárcel para evitar la posibilidad de que, como quintacolumnista, colaborase secretamente con sus hermanos de raza.

EL FRANCÉS APÓCRIFO

Los de la agencia –a quienes, por cierto, todavía no conozco personalmente– me dijeron hace unos días –en una de esas llamadas telefónicas de madrugada que sobresaltan al más pintado– que en la localidad de K –a diez o doce kilómetros de donde vivo– tenían localizado desde hacía algunos meses a un tal M. L., considerado el jefe de todos los marcianos que, de un tiempo a esta parte, conspiran en nuestro país y que, si no les paramos los pies a tiempo, nos acabarán arrastrando a la Tercera Guerra Mundial.

–Las instrucciones son muy simples –me dijeron–. Tendrá usted que viajar a K e identificar a ese individuo. Lo único que podemos decirle es que se hace pasar por francés. Dice a todo el mundo que se lo pregunta que está en nuestro país de vacaciones porque le encanta la tortilla de patatas y la verdad es que no le tiembla la voz al dar esa justificación tan estúpida. Una vez que esté seguro de su identidad, le lee sus derechos y lo conduce esposado al cuartelillo de la policía local. Queremos tenerlo a buen recaudo antes del próximo fin de semana.

Quise preguntar a mi misterioso interlocutor quién iba a correr con los gastos de mi viaje y estancia en K, pero antes de que pudiese hacerlo me colgó el teléfono y me dejó con el alma en vilo, emocionado, porque hasta entonces los de la agencia nunca me habían encargado una misión de tanta responsabilidad.

Me desplacé a K sin más dilación, busqué una habitación en la pensión más económica del pueblo y, a pesar de que estaba lloviendo a mares, salí a dar una vuelta por los alrededores. Tuve suerte, pues muy pronto localicé al sospechoso leyendo *Le Figaro* en la terraza de un bar no demasiado lejos de mi pensión, protegido del aguacero por un tejadillo de uralita. Esa es la ventaja de no dejarse el móvil en casa. Llamé inmediatamente a los de la agencia y les dije que muy probablemente ya había encontrado al marciano que tanto les preocupaba.

—Se protege de la lluvia con un paraguas ridículo, pero visto por fuera tiene todo el aspecto de un hombre normal —les dije también, bajando la voz.

Lo más curioso es que aquel fulano, de todos modos, mantenía el diario al revés, es decir, cabeza abajo, y que, a pesar de que fingía leer en silencio, movía ostensiblemente los labios, como si estuviese comiéndose las palabras de todo lo que estaba leyendo y le supiesen a gloria. Como es lógico, de entrada aquello ya me pareció bastante sospechoso.

«Ese es el tipo que estamos buscando, no hay duda», me dije.

De todos modos, no quise precipitarme y organizar un conflicto diplomático, así que, como quien no quiere, me senté a la mesa vecina, le di los buenos días y, con una sonrisa de lo más amistosa, le pregunté si era cierto que se pirraba por la tortilla de patatas. No me dijo ni que sí, ni que no. Me miró directamente a los ojos y observé que tenía los suyos demasiado lejos de la nariz. Le pregunté por qué leía el diario al revés y, sobre todo, por qué movía los labios si estaba leyendo en silencio. El individuo me miró otra vez a los ojos, como si no me hubiese entendido, le repetí las preguntas en francés —idioma, por cierto, que domino a la perfección— y por fin me explicó que le gustaba el sabor de las palabras, o algo parecido. No le entendí muy bien, porque me pareció que su francés sonaba bastante raro.

«No es normal que un verdadero francés hable su idioma con tantas dificultades», pensé.

Lo más curioso es que aquel individuo se peinaba de atrás hacia adelante, es decir, cogía algunos mechones de la nuca, es decir, en la zona occipital, y los distribuía luego por todo el cráneo de una forma que, en un principio, me pareció bastante caprichosa. Seguramente se peinaba de ese modo para que nadie pudiese descubrir que se estaba quedando calvo. Nunca, hasta entonces, había visto a nadie que se peinase así, pero pensé que peinarse de ese modo tan sofisticado no era todavía motivo suficiente para detenerlo por marciano y conducirlo esposado al cuartelillo más próximo.

Fui a decirle alguna cosa más a propósito de la lluvia –concretamente pensé en preguntarle si en su país llovía también de arriba hacia abajo–, pero antes de que pudiese hacerlo se acabó de un trago el *pastis* que le quedaba en el vaso, se puso de pie y se le doblaron las rodillas.

–Mon Duio –suspiró.

Es decir, no dijo *mon Dieu*, como hubiese dicho cualquier francés auténtico, sino *mon Duio*, que no sé exactamente lo que significa. «Es evidente que ese fulano no sabe hablar el francés», me dije.

–*Allons enfants de la patrie* –le grité, mientras se alejaba por el callejón.

–*Ou, ou* –respondió el hombre, sin detenerse ni volver la cabeza.

Aquella fría respuesta a la primera estrofa de un himno que normalmente pone la carne de gallina a los auténticos franceses acabó por convencerme de que aquel individuo pasaba olímpicamente de patriotismos decimonónicos y que casi con toda seguridad era el marciano que estaba buscando. Me propuse, pues, echarle el guante aquella misma tarde, cuando volviese a la terraza en busca de su *pastis* vespertino, convencido de que ya tenía suficientes motivos para llevarlo al cuartelillo. Juzguen ustedes mismos cuales son esos motivos:

Primer motivo: Leer el diario al revés, o, dicho de otro modo, cabeza abajo, con las páginas invertidas.

Segundo motivo: Mover ostensiblemente los labios mientras leía en silencio, es decir, mientras leía para su capote.

Tercero: Justificarse con una excusa tan simple como decir que le gustaba el sabor de las palabras que, de algún modo, se iba tragando a medida que las iba leyendo.

Cuarto: Expresarse en un francés tan rudimentario. Sobre todo, pronunciar *ou* en lugar de *oui* o *mon Duio* en vez de *mon Dieu*.

Quinto: Protegerse de la lluvia con un ridículo paraguas de lunares que un verdadero francés, gente de reconocido buen gusto, no utilizaría aunque le pusiesen una bayoneta en el pecho.

Sexto: Demostrar una indiferencia más que sospechosa al escuchar la primera estrofa de «La marsellesa».

—Sí, sí, lo detendré esta misma tarde, cuando regrese en busca de su *pastis* vespertino. Le cantaré la segunda estrofa de «La marsellesa» y volveré a preguntarle si en su país también llueve de arriba hacia abajo. Le preguntaré asimismo si le gusta también la tortilla con chorizo, pero lo más probable es que, responda lo que responda, me lo lleve esposado al cuartelillo.

Quedaba sin embargo una ligera duda: la afición de aquel hombre al *pastis* era el único detalle que podía identificarle como verdadero francés. Todos conocemos la devoción que ese admirable pueblo siente por ese contundente aperitivo, que tiene entre un cuarenta y un cuarenta y cinco por ciento de alcohol.

«Claro está que también podría ser un marciano aficionado al *pastis* —me dije luego, pensándolo con más calma—. ¿Por qué no? ¿No hay acaso japoneses que se pirran por la paella?»

A todo esto continuaba lloviendo a mares –era muy extraño, por cierto, que en pleno mes de agosto lloviese de aquel modo– y decidí no moverme de la terraza hasta que el alienígena volviese en busca de su *pastis*. Estuve un rato viendo llover y luego me metí en el bar y le pedí a Leocadio, el dueño, que encendiese la tele para escuchar el parte meteorológico y conocer los destrozos que las inundaciones estaban causando por esos mundos de Dios.

«No me sorprendería que fuesen ellos quienes provocan estas tormentas», me dije.

Hace años que los vengo estudiando y cada día que pasa me sorprende más la maldad de esa gente y el variado arsenal de armas que tienen a su disposición.

–Vamos a ver, vamos a ver qué tenemos aquí –dijo por fin el hombre del tiempo, apuntando el mapa que tenía a sus espaldas con un largo puntero–. Sí, sí, ahí lo tienen ustedes: por el este se aproxima un frente de bajas presiones que nos garantiza un sol radiante para los próximos quince días.

Pero antes de retirarse de la pantalla me miró a la cara y guiñó el ojo, así que supuse que no había dicho la verdad, es decir, que lo de las altas presiones se lo acaba de inventar sobre la marcha y que otra vez, porque ya lo había hecho otras veces, volvía a tomarme el pelo. De entrada, en aquel momento se me ocurrieron dos preguntas principales:

Primera pregunta: ¿Cómo podía saber el hombre del tiempo que yo estaba allí, delante del televisor, en este modesto bar de pueblo, pendiente de lo que dijese?

Segunda pregunta: ¿Por qué me engañaba, cuando tan fácil le habría resultado decirme la verdad y quedarse tan tranquilo?

Lo que más me preocupaba en aquellos momentos, de todos modos, no era ni la meteorología, ni los culpables de aquellos furibundos aguaceros, sino echar el guante al falso francés apenas regresase a la terraza. Me preocupaba incluso saber qué sentía ese hombre —o lo que fuese— cuando se metía un par o tres de *pastis* entre pecho y espalda. ¿Lo hacía para infundirse más valor? ¿Bebía, tal vez, para eludir responsabilidades y alegar luego que actuaba bajo los efectos del alcohol? ¿Bebía, simplemente, porque le gustaba el *pastis* como a los auténticos marselleses?

Leocadio me ofreció la botella de *pastis* y me animó a que hiciese la prueba. Me señaló también otras botellas de vodka, tequila, pelaorejas, saltapatras y matarratas que tenía en una estantería especial. Podía elegir la que quisiese.

—Prefiero el *pastis* —dije.

Me sirvió un vaso lleno hasta el borde, luego le pedí otro y no necesité más para sentir que el mundo empezaba a dar vueltas a mi alrededor. La sensación no era desagradable. Tuve la impresión de que, por primera vez en mi vida, empezaba a intuir el profundo sentido de la vida. Me senté en un rincón y empecé a contarle a Leocadio historias sin sentido, que nunca me ocurrieron y que seguramente no me ocurrirán nunca. Le hablé también de los miles de expedientes que durante los últimos años he reunido en mi casa para demostrar la existencia y la mala fe de los alienígenas. Luego me quedé dormido y cuando me desperté el marciano volvía a estar sentado en su mesa de la terraza.

No lo pensé dos veces y no me tomé la molestia de repetirle la segunda estrofa de «La marsellesa», ni de preguntarle si le gustaba la tortilla de chorizo. El *pastis* me había dado nuevas ideas. Fui hasta su mesa y lo agarré sin contemplaciones por la solapa.

—Dígame de una vez —le pregunté a bocajarro— la razón de ese extraño peinado suyo. ¿Lo hace para disimular la calvicie? ¿Se avergüenza de ser calvo? ¿Considera que su calvicie es una calvicie pornográfica? ¿Piensa que inspira al prójimo ideas asesinas?

El hombre se asustó tanto que ni siquiera hizo ademán de defenderse y empezó a boquear como un pez fuera del agua. Pensé que iba a darle un ataque al corazón, pero no me dio pena. Continué de pie a su lado, sujetando su cabezón con las dos manos y desde arriba (gracias posiblemente al *pastis*, que había agudizado mis sentidos) comprobé que aquel falso francés –como venía sospechando desde el primer día– era también un típico braquicéfalo alpino, de los que tienen la cabeza poco más o menos como una sandía. En ese detalle se parecía a bastantes franceses e incluso a un gran número de suizos. Cualquiera podía ver que el diámetro mayor de su cráneo excedía en menos de un cuarto al diámetro menor.

Lo más curioso, de todos modos, es que, con la ayuda del *pastis*, pude descubrir también que sus escasos mechones (de hecho, solamente dos) estaban dispuestos de forma que dibujaban en su cráneo un signo que durante años amedrentó a la humanidad y que todavía hoy sigue asustando a mucha gente. No va a ser fácil que lo describa, pero vale la pena que lo intente.

Eran, como digo, dos mechones perfectamente diferenciados. Uno de ellos se iniciaba en la parte derecha de la cavidad parietal, avanzaba unos centímetros hacia la izquierda, se doblaba luego formando un ángulo de noventa grados, seguía a lo largo de la sutura sagital (que es la línea de articulación de dos parietales) y al llegar muy cerca de la sutura coronal, que separa el hueso frontal de los parietales, continuaba avanzando unos centímetros para finalizar, tras otro ángulo de noventa grados, en la parte superior del parietal izquierdo. Eso por lo que se refiere al primer mechón. El segundo mechón se iniciaba en la protuberancia situada sobre el hueso parietal, avanzaba algunos centímetros en dirección a la sutura sagital, formaba otro ángulo de noventa grados, cruzaba la sutura sagital, que, como he dicho antes, es la línea de articulación de los dos parietales, formaba otro ángulo de noventa grados y finalizaba en pleno parietal derecho, a pocos centímetros de la sutura coronal, que, como es sabido, separa el hueso frontal de los parietales.

Creo que no me equivoco al identificar todos esos huesos, aprendí los nombres de memoria en el diccionario visual de internet, pero, aunque errase, el resultado siempre sería el mismo: aquellos dos mechones dibujaban nada menos que una tremenda cruz gamada en posición horizontal, es decir, no inclinada, tal como la utilizó equivocadamente el partido nazi.

Las preguntas, mejor dicho, las respuestas a esas preguntas me pusieron los pelos de punta. Por ejemplo: ¿qué significaba ese siniestro signo disimulado en el cráneo de un marciano terrorista? ¿Acaso los nazis consiguieron exportar con éxito su cruz más allá de las estrellas? ¿Encontraron también secuaces entre los alienígenas?

Otra pregunta, igualmente inquietante: habida cuenta de que era del todo imposible que el alienígena se peinara solo, es decir, sin ayuda de alguien, ¿dónde se esconde el cómplice que cada mañana se tomaba la molestia de peinarlo? ¿Quién disponía cuidadosamente los dos mechones en forma de cruz gamada y los pegaba finalmente al cráneo con fijador?

—Es mejor que lo dejes en paz —me pidió Leocadio—. Parece un buen hombre. A lo mejor no es el fulano que estás buscando.

Ni siquiera me tomé la molestia de responderle, así que pensó que lo más prudente era meterse en el bar y encender la tele. Fue un modo de desentenderse de sus responsabilidades. No perdí más tiempo. Le di las gracias, le dije que seguramente al día siguiente todos los canales de televisión del país nos pondrían por las nubes y, sin más averiguaciones, esposé al falso francés y lo empujé al cuartetillo de la policía local, que quedaba a menos de doscientos metros.

–*A l'aide, a l'aide!* –imploraba el extraterretre a todos los que se nos cruzaban por el camino.

Reconocí que su francés, por lo menos en aquellos momentos, resultaba bastante aceptable.

–*Au secours, au secours!*

Encontramos el cuartelillo cerrado a cal y canto. Seguramente los dos policías de servicio estaban en el centro del pueblo poniendo multas a coches mal aparcados. Dejé a mi prisionero encadenado a la reja de la ventana y le pregunté dónde se escondía su cómplice. Me dio la dirección sin problemas y pretendió hacerme creer que el cómplice era en realidad su esposa legal, con la que llevaba casado treinta años. Vivían en uno de los chalés adosados que dos años atrás construyó una de esas inmobiliarias fantasma que finalmente llevaron el país a la ruina.

–¡Vamos pues en busca de esa mala puta! –le dije.

Y en ese instante sonó mi móvil. Recuerdo que tenía el vibrador activado y que mientras sonaba me hacía cosquillas en la entrepierna.

–¡Suelte inmediatamente a ese hombre y pídale disculpas! –me ordenaron–. Hemos descubierto que ese individuo es un verdadero francés y que en Francia le tienen casi por un héroe de *La Résistance*.

No les hice caso y corté la comunicación. Obviamente quienes me llamaban no eran realmente los de la agencia. Continué, pues, hacia el chalé adosado para echarle el guante al cómplice, pero me cerraron el paso sin contemplaciones los dos policías municipales.

No les cuento el final de esta historia porque me resulta humillante. Pueden ustedes imaginarse el desenlace que prefieran.

LA SOLEDAD DEL VAMPIRO

Durante trescientos ochenta y cinco años el conde Boris Gamudioff y la baronesa de Servianiska formaron una pareja de hecho. Durante todo ese tiempo no hubo, pues, ningún cura maldito que los uniese en matrimonio, para que nadie, en el mundo de los vampiros, pusiese jamás en tela de juicio que el conde y la baronesa se amaban sin otro límite que el de la eternidad de sus almas inmortales.

Se conocieron, como hemos dicho, hace casi cuatro siglos y fue algo parecido a lo que los mortales, tan amigos siempre de circunloquios y de metáforas, llaman un flechazo.

Más o menos, las cosas ocurrieron del siguiente modo: el conde estaba succionando la carótida derecha de su última víctima, mientras la baronesa, situada al otro lado, hacia lo mismo en la carótida izquierda. Un día levantaron la mirada al mismo tiempo y se encontraron con las cabezas separadas solamente por unos cuantos centímetros. Se miraron fijamente a los ojos y desde aquel primer momento supieron que habían nacido el uno para el otro.

Como todos sabemos, las carótidas son dos grandes arterias que se encuentran en el cuello y que suministran sangre al cerebro y a la cara. La carótida derecha nace del tronco braquiocefálico y la izquierda directamente de la aorta.

—Como habrás supuesto después de todos estos siglos —le confesó una mañana el conde a la baronesa— yo he sentido siempre una predilección especial por la sangre que corre por la carótida derecha.

—Pues yo, desde niña, prefiero la sangre de la carótida izquierda —le contestó la baronesa.

No hubo, pues, problemas en ese sentido y durante siglos cada cual se sintió satisfecho con la carótida elegida, a pesar de que la sangre era idéntica, pues, al fin y al cabo, pertenecía al mismo individuo.

Sucede, sin embargo, que en este mundo no hay nada eterno, ni en el mundo de los mortales ni tampoco en el de los vampiros. Una mañana, sin saber muy bien por qué, a la baronesa le apeteció probar la sangre de la carótida derecha y el conde no se lo permitió.

—Me parece por tu parte un capricho inaceptable —se justificó, tal vez con una intransigencia excesiva.

A partir de ese momento, las cosas empezaron a cambiar. Hubo, entre los dos amantes, un distanciamiento progresivo y llegó por fin el día en que dejaron de compartir las mismas víctimas. Más todavía, la baronesa se aficionó exclusivamente a la sangre del tipo A, sin tener ya en cuenta la carótida por la que circulaba.

Dejaron, pues, de compartir las mismas víctimas y apareció, por fin, otro vampiro joven y seductor que, como suele decirse, se llevó a la baronesa al huerto. Fue para la veterana vampiresa un amor algo tardío que en parte le devolvió los ardores perdidos de la juventud.

Por lo que se refiere al conde, continuó insistiendo con la sangre de la carótida derecha, es decir, con la sangre que circula por la carótida que nace del tronco braquiocefálico, pero no se preocupó ya por encontrar un nuevo amor que sustituyese al que había sentido por la baronesa. Prefirió resignarse a la soledad.

Puede que todavía esté vivo, asomado a las almenas de su castillo, contemplando cómo vuelan los cuervos a lo lejos.

REDUVIUS, EL INSECTO-VAMPIRO

El hombrecito entró en nuestro bar, se plantó entre las dos máquinas tragaperras y nos fulminó a todos los presentes con una mirada de fuego.

—Tengan ustedes mucho cuidado conmigo —nos advirtió—, porque aquí donde me ven soy un insecto-vampiro. No se fíen de mi tamaño. A pesar de que solamente mido un centímetro de longitud, puedo dar picotazos y succionar la sangre de otros insectos e incluso la de algunos hombres. Quien avisa no es traidor.

Era evidente que aquel hombre no estaba en sus cabales, pero en un principio no tuve claro qué clase de locura era la suya, si la que se engendra en el infierno o esa otra clase de demencia ingenua e incluso dulce que podemos llegar a amar. Lo cierto es que todos los que estábamos en el bar —unos jugando al mus, otros jugando al guiñote— interrumpimos nuestras partidas y nos pusimos a aplaudir con entusiasmo las palabras del recién llegado.

Soy un hombre prudente y pensé que lo mejor era seguir la corriente.

—¿Es usted acaso ese terrible insecto-vampiro del que nos previenen en la televisión? —le pregunté, en nombre de todos–. ¿El mismo del que hablaban en el telediario de esta mañana?

–Lo único que puedo decirle –respondió el hombrecito– es que me llaman Reduvius Iracundus. Y puedo asegurarles que lo de iracundo me va como anillo al dedo.

–Si quiere que le sea sincero –le dije–, nunca habíamos visto un vampiro como usted. ¿Dónde tiene usted esa capa negra que los verdaderos vampiros, llegado el momento, transforman en un par de alas?

–No olvide que soy también un insecto –me recordó el hombrecito, tranquilizándose gradualmente.

–¿Un insecto, lo que se dice un insecto? ¿Un insecto como Dios manda?

–Mi respiración es traqueal. Si fuese un hombre como usted tendría un par de pulmones. Y por lo que se refiere a las alas, en realidad tengo dos pares. El primer par protege al segundo, que es el que utilizo para volar. Es como si las guardase dentro de un estuche.

–Muy bien –le dije–. Demuéstrenos que su respiración es traqueal. No tenemos prisa, puede tomarse el tiempo que quiera.

El hombre demostró ser más inteligente o más cuerdo de lo que pensábamos. Respondió que no podía demostrarnos que su respiración fuese traqueal, pero que eso no significaba nada, porque hay cosas que tampoco pueden demostrarse y, sin embargo, existen.

–En cierto modo –le expliqué entonces, para que comprendiese que yo sabía más cosas que él–, lo que acaba usted de exponerme es el mismo problema que plantean las relaciones entre la fe y la razón. *Intellige ut credas; crede ut intelligas.*

–No me impresionan sus latinajos –dijo el hombrecito, sacando pecho–. Nosotros, los insectos, somos más antiguos que los griegos y romanos. Tenga en cuenta que algunos hermanos míos, o por lo menos primos hermanos, se remontan al Devónico Inferior, hace la friolera de cuatrocientos millones de años. Seguramente usted no había nacido por aquellos tiempos.

—Enséñeme, por lo menos, las antenas —le dije, procurando conservar la calma—. Todos los insectos tienen un par de antenas.

—No tengo antenas —respondió.

En ese instante lo invité a fumar y le pedí que me contase cuál era su verdadero problema, porque yo estaba allí para escucharle e incluso para tratar de encontrarle algún remedio.

—Porque, vamos a ver, caballero —le dije luego—. Póngase la mano en el corazón y responda: ¿No piensa usted que considerarse un insecto-vampiro demuestra por sí solo algún tipo de problema psíquico?

—¿Y usted? ¿Cree que tiene derecho a considerarse un verdadero hombre solo porque lleva puesta una corbata alrededor del cuello?

No quise responderle. Al fin y al cabo, el que hacía las preguntas no era él, sino yo. Me armé de paciencia y seguí con aquella especie de interrogatorio. Le pregunté cuántos años tenía y me dijo que quince días.

—Me parece muy bien, quince días. Ahora, para acabar de convencernos de que usted es el verdadero insecto-vampiro del que habla la televisión, saque ese segundo par de alas que tiene escondidas en el estuche del primer par y salga de este bar volando por la ventana. Puede que de ese modo le creamos.

Y el hombrecito lo hizo. No se lo pensó dos veces. Sacó un par de alas como de gasa que tenía enrolladas debajo de los brazos, las batió con energía y se escapó volando por la ventana. Esta vez mis amigos ni siquiera aplaudieron. Se quedaron con la boca abierta.

CONTENIDO

Gran Via Carles III, 94 - 08028 Barcelona
www.alphadecay.org

Primera edición: junio 2023

Edición a cargo de Enric Cucurella

Maquetación del interior: Robert Juan-Cantavella
Maquetación de la cubierta y la faja: Sergi Gòdia
Impresión: Imprenta Kadmos

BIC: FA
ISBN: 978-84-125777-7-8
Depósito Legal: B 11.076-2023

Esta
edición,
primera, de
Vampiros y alienígenas,
se terminó de imprimir
en Salamanca en el
mes de junio
de 2023.

TÍTULOS RELACIONADOS

Da igual
AGOTA KRISTOF

El papel pintado amarillo
CHARLOTTE PERKINS GILMAN

Bradley de él
CONNOR WILLUMSEN

Visión
JULIA GFRÖRER

El bebé es mío
OYINKAN BRAITHWAITE

La llamada de Cthulhu
H.P. LOVECRAFT